GALAXY'S EDGE

银河边缘

GALAXY'S EDGE

SKY TOWARDS

银河边缘 GALAXY'S EDGE

008

飞裂苍穹

主编

杨枫

新星出版社 NEW STAR PRESS

银河边缘
- 008 -
飞裂苍穹

主　　编：杨　枫
总 策 划：半　夏
执行主编：戴浩然
版权经理：姚　雪
海外推广：范轶伦
文学编辑：余曦赟
　　　　　　胡怡萱　吴　垠
　　　　　　田兴海　李晨旭
　　　　　　大　步　刘维佳
封面绘制：吴　盈

Contents

LEGIONS IN TIME 1

/ by Michael Swanwick

SKY TOWARDS / by Wanxiang Fengnian ... 39

IL GRAN CAVALLO 73

/ by Martin L. Shoemaker

HARK! LISTEN TO THE ANIMALS 95

/ by Lisa Tang Liu and Ken Liu

THE BUBBLE / by Li Tang 125

HOLLAND: 1944 167

/ by Steve Cameron

THE LAST STRING / by Zhou Yukun 193

目 录

时间军团 1
[美] 迈克尔·斯万维克 著　付 斌 译

飞裂苍穹／万象峰年 39

达·芬奇的青铜马 73
[美] 马丁·L. 休梅克 著　熊月剑 译

听！动物的声音！ 95
[美] 邓启怡　刘宇昆 著　金雪妮 译

泡　泡／李 唐 125

荷兰：1944 167
[澳] 史蒂夫·卡梅伦 著　龚诗琦 译

最后的弦／周宇坤 193

LEGIONS IN TIME

by

Michael Swanwick

▽

时间军团

[美]迈克尔·斯万维克 著 / 付 斌 译

迈克尔·斯万维克，美国著名科幻作家，多次获得雨果奖，也获得过星云奖、世界奇幻奖、西奥多·斯特金奖等。斯万维克的经典长篇包括《地球龙骨》《潮汐站》等。同长篇小说相比，斯万维克的中短篇小说功力更加深厚，在创作高峰期，他几乎每年都会收获雨果奖或星云奖。《银河边缘·多面AI》曾刊登他的雨果奖获奖中篇《机器的脉搏》。

本篇荣获2004年雨果奖最佳中短篇小说奖。

Copyright© 2004 by Michael Swanwick

埃丽诺·沃伊格特的工作，比她身边人的工作都怪。她每天在办公室上八个小时的班，却没有任何事情可做。她唯一的任务就是坐在一张桌子后面，盯着那个小壁橱的门。她的桌上有一个按钮，如果有人从壁橱里走出来，她就按下按钮。墙上有一只巨大的钟，每天中午十二点，她需要走到那道门前，用预留给她的钥匙打开门。壁橱里面是空的，她已经看过了，里面既没有暗门，也没有秘密控制板。那就是一个空荡荡的壁橱。

如果她看到了什么不寻常的事情，就得走回办公桌旁边，按下那个按钮。

"什么不寻常的情况？"被录用的时候她曾经问过这个问题，"我不明白，我需要提防什么？"

"等你看到的时候，就知道了。"塔尔布雷科先生用他奇怪的口音说。塔尔布雷科先生就是她的老板，看上去有些像外国人。他的外貌超乎想象的古怪——皮肤惨白，头上一根头发也没有。所以，当他摘下帽子的时候，看上去就像某种蘑菇。他的耳朵特别小，还有点尖。她觉得对方没准儿得了什么病。但是，他每小时付她两美元，对她这个年纪的女人来说，这算不错的薪酬。

她轮值结束时，来接班的是个蓬头垢面的年轻人，他无意中说过自己是个诗人。早上当她来上班时，一位很胖的黑人女性会一言不发地从那个位置站起来，在衣架上拿起帽子和外套,仪态雍容地离开。

埃丽诺天天坐在桌子后面,无事可做。她获悉自己不能看书,免得沉迷于情节而忘记盯着那道门;但是她可以玩纵横字谜游戏,因为人们在玩这个的时候不会太过专注。百无聊赖的她,做了不少针线活儿,甚至在考虑要不要尝试一下梭织。

一段时间后,她琢磨起这道门来。如果违反禁令,在非正午时间打开它,会看到什么呢?她发现自己的想象力十分贫乏,无论她怎么努力地想要生动地描绘门打开时会出现什么,却都只想得到一些无趣的物件:扫帚、拖把、运动器材、胶皮套鞋或者旧衣服之类的。在一个壁橱里,还会有什么?还能有什么?

有时候,她会在这些想象的驱使下,不由自主地走向那道门。有一次,她竟然将手放在了门把手上,差点儿打开门。但是,害怕丢掉工作的念头及时阻止了她。

这可真让人抓狂。

她轮值的时候,塔尔布雷科先生来过办公室两次。他每次都穿着那套黑色西装,系着同一条黑色窄领带。"你有手表吗?"他问。

"有的,先生。"第一次回答时,她伸出手腕给他看自己的手表。他傲慢地漠视了这个动作,她决定下次再也不这样做了。

"你走吧,四十分钟后回来。"

她离开办公室,去了附近一间小茶室。她的午餐包落在办公桌了,包里有一块火腿蛋黄酱三明治和一个苹果,但她刚才慌慌张张的,一时忘了自己的午餐,又不敢回去拿。她味同嚼蜡地吃完原本十分美味的"女士午餐",给了服务员一毛钱的小费,然后在离开三十八分钟后,准时出现在办公室门前。

四十分钟整时,她推开了门。

塔尔布雷科先生好像正在等她这么做,他戴上帽子,一阵风般穿过大门,似乎完全没看到她回来得多么准时,或者压根儿就没有察觉到她在场。他大步流星地走过,仿佛她并不存在。

埃丽诺被塔尔布雷科先生这个举动震惊了,她木然地走进房间,关上门,回到自己桌旁。

她估计塔尔布雷科先生极其富有,他身上有一种顶级富豪独有的傲慢,仿佛别人为他们所做的一切都是理所当然的。他们从来不会对任何事情心存感激,也懒得讲礼貌,因为他们并不觉得有这个必要。

她越想越烦。她没那么追求平等,但是她认为每个人都有资格获得一些权利,比如一些尊重和礼待。被当作家具一样对待,是一种侮辱,很不体面。可那些忍气吞声的人更是可耻。

六个月过去了。

门开了,塔尔布雷科先生大步走进来,就像几分钟前刚刚离开一样,"你有手表吗?"

埃丽诺打开抽屉,把针线扔进去;打开另一个抽屉,拿出自己的午餐包。"有。"

"你走吧,四十分钟后回来。"

她出去了。现在是五月,中央公园离这里只有几步路,她便去一个小池塘旁吃午餐,一群孩子在那里玩玩具帆船。她却怒火中烧——她觉得自己是个好员工,真的。她尽责、守时,从来没有请过病假。塔尔布雷科先生应该欣赏她这些品质,他完全没有理由这样对待她。

她差点想在这里待久一些,超过午餐时间,但是她的职业道德不允许她这样做。离开办公室三十九分三十秒后,她笔直地杵在门口,如果塔尔布雷科先生要离开,就不得不面对她。这么做也许会让她丢掉工作,可是……嗯,如果真是这样,她也认了,她觉得自己必须这样做。

三十秒后,门开了,塔尔布雷科先生大步走出来。不过,她仍然没能阻止他的脚步,相反,他面无表情,抓住她的两条胳膊,毫不费力地将她抱起来,转过身,放在旁边。

然后,他就走了。埃丽诺听到他的脚步消失在大厅里。

这个厚脸皮、冷酷、粗鲁的男人!

埃丽诺回到办公室,却无法平静地坐下,她在房间里走来走去,大声自言自语,说了很多本想对没有停下脚步的塔尔布雷科先生说的话。他竟然把她就那么抓起来扔在一边……哼,这真是太气人了，简直让人无法忍受。

更郁闷的是，她完全没有办法表达自己的不满。

最后，她平静下来，开始冷静思考。她意识到，有件事她倒是可以做，虽然这事的象征意义大于实际意义。

她可以打开那道门。

埃丽诺不是冲动的人，相反，她做事向来有条不紊。因此，她在这么做之前分析了一番：塔尔布雷科先生很少来办公室，在她来这里工作的一年多里，他只出现过两次。此外，他在刚刚离开几分钟就返回办公室的可能性几乎为零。她看过了，对方并没有什么东西落在办公室，他的办公室简朴空旷。而且，他也没有什么需要返回来完成的工作。

不过，安全起见，她还是锁上了办公室的门，把椅子从桌子后面拉出来，顶在门把手上。这样，即使别人有办公室的钥匙，从外面也进不来。她把耳朵贴在门上，侧耳倾听大厅里有什么动静。

没有任何声音。

于是她决定行动。奇怪的是，时间突然变得很慢，办公室也似乎突然变得非常大。她仿佛永远没法缩短自己和壁橱之间的距离。她的手用力穿过蜜糖一样黏稠的空气，摸到门把手，握住它，手指一根根合拢。在这段时间里，她有一百次想要放弃。她隐约听到了声音……低低的嗡嗡声，是某种机器的声音吗？

她把钥匙插进门锁，打开门。

塔尔布雷科先生就站在那里。

埃丽诺尖叫一声，踉踉跄跄地向后退去，脚步错乱，膝盖一扭，差点摔倒。她心如擂鼓，撞得胸腔生疼。

塔尔布雷科先生在里面瞪着她，脸色白得像一张纸。"就一条规则。"他冷冰冰、硬邦邦地说，"你只需要遵守一条规则，可是你打破了它。"他从里面走出来，"你真是个糟糕的仆人。"

"我……我……我……"埃丽诺发现自己的呼吸都在颤抖，"可我不是仆人！"

"你错了，埃丽诺·沃伊格特。你大错特错。"塔尔布雷科先生说，"打开那扇窗户。"

埃丽诺走到窗前，拉动窗帘。一盆仙人掌放在窗台上，她把它挪到自己的桌子上，然后再去开窗。窗子有些卡住了，她用尽全力，窗子下部慢慢抬起，然后，猛然一下子升到顶部。一阵清新的微风迎面而来。

"爬上窗台。"

"我才——"不要。她想这样说。可是，她惊惧地发现自己已经爬到了窗台上。她无法控制自己，好像已经没有了自己的意志。

"坐在窗台上，腿伸出去。"

这就像一场可怕的噩梦，你觉得它不是真的，却怎么挣扎都醒不过来。她的身体按照对方的指令行动，无法自控。

"在我让你跳之前,先不要跳下去。"

"你要让我跳下去吗?"她颤抖着问,"哦,求您了,塔尔布雷科先生……"

"往下看。"

办公室在九楼,埃丽诺是土生土长的纽约人,这种高度对她来说本来算不上什么。可是,现在这里的高度令人胆寒,马路上的行人像蚂蚁一样小,街上的巴士和汽车只有火柴盒那么大。汽车鸣笛声、引擎声、鸟鸣声,城市里慵懒的春日背景音向她涌来。窗台离地面远得实在令人害怕!而她和地面之间什么也没有,只有空气!她的手指拼命地紧紧抓着窗棂,除此之外,没有任何东西能保护她幸免于难。

她感到地心引力不断想要将她拉向地面,那高度令她眩晕、想吐。她竟然生出一种就这么放手,任由自己飞舞片刻然后坠地的冲动。她紧紧闭上眼,热泪滚落脸颊。她听到塔尔布雷科先生的声音从背后响起:"埃丽诺·沃伊格特,如果我让你跳下去,你会跳吗?"

"会的。"她尖声回答。

"什么样的人,会只因为别人叫自己跳,就跳下去摔死?"

"仆……仆人!"

"那么,你是什么呢?"

"仆人!仆人!我是仆人。"她号啕大哭,一半是因为害怕,一半是因为屈辱,"我不想死,我会做你的仆人,什么都行,你说什么都行。"

"如果你是仆人,你会做哪一种?"

"一个……一个……好仆人。"

"回来吧。"

埃丽诺感激地转身,从窗台爬回办公室。她的膝盖酸软无力,让她完全站不稳,只能抓着窗沿,以防摔倒。塔尔布雷科先生则十分严厉地盯着她。

"我只会警告你这一次。"他说,"如果你下次再不守规矩,或者想要辞职,我就会让你从窗台上跳下去。"

他走回壁橱,关上了门。

接下来的工作时间还剩两个小时,刚够让她勉强冷静下来。当那个不修边幅的年轻诗人出现时,她将钥匙扔到包里,一言不发地离开,看也没看他一眼。

她径直去了最近的酒吧,点了一杯奎宁松子酒。

她得好好想想。

埃丽诺·沃伊格特并非没有头脑。当年在遇到已故的丈夫前,她曾是一名执行秘书,所有人都知道,执行秘书能为老板出色地打点一切事务。在大萧条之前,她家里曾有三个佣工,她还有自己的社交活动,经常花几个星期来精心准备家里的一些宴会。如果不是大萧条,她相信自己肯定能有一个比现在的收入好得多的职位。

她不想当仆人。

但是，在她找到脱离困境的办法前，需要先理解这件事情。首先，关于这个壁橱。塔尔布雷科先生已经离开了办公室，然而，几分钟后，他却又突然出现在里面。是有秘密通道？不，这会很麻烦，而且这种解释也太简单粗暴。她在打开门前听到了机器的声音，那么……这也许是一种传输装置，比如瞬移机，或者时间机器。昨天的她可绝对不相信这种东西存在。

她越想越觉得那是一台时间机器，而不是《周日画报》或者"巴克·罗杰斯系列"中的那种瞬移机，而"时间机器"来自 H. G. 威尔斯先生的奇思妙想。虽然塔尔布雷科先生刚离开就又出现在这里，似乎像瞬移机干的，但是，这需要塔尔布雷科先生从其他地方进入另外一台瞬移机，而他那会儿根本连走出这栋大楼的时间都没有。

不过，如果这是一台时间机器，谜团就都能解开了——她的老板长时间不在岗；这台机器在没人使用的时候必须有人看守，以防别人占用；塔尔布雷科先生今天的突然出现；他还拥有地球上别的人所没有的心灵控制能力。

她觉得，塔尔布雷科先生没准儿不是人类。

她几乎没碰自己的饮料，此刻也没了喝完它的耐心。她在吧台上扔了一块钱，没等找零就离开了。

她走过一个半街区回到办公楼，搭电梯上了九楼，心中制订了一个计划。

她大步走过大厅,没有敲门就直接推开办公室的门,那个不修边幅的年轻男人吓了一跳,从一堆画得乱七八糟的纸上抬起头,非常惊讶地看着她。

"你有手表吗?"

"有的,但是……塔尔布雷科先生……"

"出去,四十分钟之后回来。"

她板着脸,满意地看着这个年轻人将钥匙扔进口袋,把桌上的一堆纸放进另一个口袋,然后离开。真是个好仆人,她心想。或许他已经领教过塔尔布雷科先生刚刚在她身上演示过的小把戏了。毫无疑问,这里的每位员工都会有那种经历,从而保证他们服服帖帖。而仆人是不应该主动行动的……至少,不应该像主人一样发号施令。

埃丽诺打开包,拿出钥匙,走到壁橱前。

有那么一瞬间,她犹豫了。她真的做好准备,打算冒着生命危险去一探究竟吗?但是,她这么做的理由无懈可击——除了现在,她不会有第二次机会。如果塔尔布雷科先生知道她会第二次打开门,刚才肯定会直接命令她从窗户跳下去。他没有这么做,表明他其实没料到她会如此胆大包天。

她深深吸了一口气,打开了门。

这里面藏着一整个世界。

埃丽诺望着这个和纽约完全不同的阴森都市,望了仿佛地老天荒那么久的时间。这里的大楼比她见过的任何建筑都高，可能有几千米高！它们通过空中天桥连在一起，就像电影《大都会》里的那样。但是，电影里那些建筑令人惊艳，这里的却没有任何美感可言，丑得不堪入目。它们没有窗户，灰蒙蒙的，污渍斑斑，缺乏色彩。每条街上都有单调刺眼的街灯，灯光下，穿着统一制服的男女脚步拖沓地缓步前进，像机器人一样毫无生气。她的办公室外，是美丽明亮的白日，但是在这里面，世界却暗无天日。

这个世界还下起了雪。

她小心翼翼地走进去。刚一踏上地板，地面好像立刻向四面八方延展开去。此刻，她站在由一圈门组成的巨大圆环中，其中只有两道门开着。一道通往这个冬日世界，另一道通向办公室，其他门都关着。每扇门旁都有挂钩，上面挂着上百种不同的衣服。她能认出的有古罗马男性公民穿的托加袍、维多利亚歌剧服、日本和服……但大部分衣服她都不认识。

在通向冬日世界的门旁，有一件长披风。埃丽诺穿上它，发现里面有一个旋钮。把它向右旋转，衣服突然越变越热，向左旋转，又变得很凉。她调了一会儿，感觉温度合适了，然后，她挺直肩膀，深吸一口气，走进这处禁地。

一阵轻微的咝咝电波声后，她站在了街上。

埃丽诺回头看了看，自己身后是一块方形黑玻璃一样的东西。她用手敲了敲，发现那东西非常坚硬。但是，当她拿钥匙靠近它时，它闪了一下，她刚刚经过的奇怪空间再次出现。

所以，她还可以回去。

长方形背景墙两侧，有许多差不多一模一样的玻璃状长方形。它们似乎是荒凉大广场中间某个巨大的亭子（或者低矮的建筑物）的外立面。她绕着走了一圈，在每个长方形上试她的钥匙，但只有刚才自己身后的那块长方形可以打开。

她首先要确认这是哪里，什么时代。埃丽诺走向一个走得很慢、弓腰驼背的男人，"打扰一下，先生，可以请教您一些问题吗？"

这个男人抬起一张凄苦、绝望的脸，脖子上的一个灰色金属环闪了一下。"霍扎特，达格蒂克努特？"他问。

埃丽诺惊恐地退后一步。这个男人却像被手或脚临时挡了一下的发条玩具一样，机械地迈着沉重的步伐继续向前走去。

她咒骂着自己。不论她现在身处的是多少个世纪之后的未来，人们用的语言当然早就变了。好吧……现在要搜集信息就更难了。不过她惯于完成艰难的任务。她丈夫詹姆斯自杀的那个晚上，她独自清理干净了墙壁和地板，在那之后，她知道自己有能力用心做好任何事情。

首先，她并没有迷路，这很重要。她扫视了一圈这个时间入口处的广场（她暂且称它为"时代广场"）的中心，然后随机选了其中一条宽阔的道路。这条路，她决定称它为"百老汇"。

埃丽诺沿着"百老汇"走下去,观察看到的人与物。一些毫无生气的人用他们身上的复杂机器拖动雪橇,另一些人则弓腰驼着某种半透明的袋子,里面装着浑浊的液体与某种生物的模糊影子。空气闻起来也很糟糕,但不是她熟悉的味道。

她大约走了三个街区,警笛声突然响起——刺耳的噪音冲击着耳膜,在大楼之间回荡。所有路灯都在有节奏地闪烁。一个威严的声音从某处的扩音器里传来:"阿克冈!阿克冈!克朗兹瓦尔布拉卡尔!扎扎克斯特拉格!阿克冈!阿克冈……"

街上的人不慌不忙地转过身,把手放在旁边那些没有任何装饰的单调的灰色板子上,然后走进大楼里。

"哦,天啊!"埃丽诺嘀咕道。她最好也——

这时,她听到身后传来一阵骚动,一回头,就看到了她到这里来以后遇上的最奇怪的事情。

一个十八岁左右的女孩,穿着夏天的衣服——一件短袖印花衬衫,一条男式牛仔裤——慌慌张张地沿街跑来,竭力想抓住那些漠然的路人寻求帮助。"求你了!"她哭喊道,"可以帮我一下吗?有人可以帮帮我吗?求你了们……请帮帮我。"她开合的嘴里呼出白气。有两次她还冲向旁边的门,拼命用手拍打那些油腻的金属板。但是,那些门没有为她打开。

女孩一转眼已经跑到埃丽诺面前,几乎不带任何希望地问:"求你了,可以帮帮我吗?"

"我会帮你的,亲爱的。"埃丽诺说。

女孩尖叫一声,紧紧抱住她,"啊,太好了!谢谢你,非常感谢,太感谢了!"她喋喋不休地说。

"跟紧我。"埃丽诺大步从后面赶上一个毫无生气的家伙,在他把手放到金属板上还没来得及进楼之前,她抓住他粗糙的束腰外衣,猛地一拉。他转过身来。

"赶快走开!"她用最严厉的语气对他说道,拇指指向身后。

这个家伙走开了。他可能听不懂她在说什么,但是她的语气和手势已经足够表达意思了。

埃丽诺走进门里,把那个女孩也拉进来,门在她们身后关上。

"哇哦,"那个女孩惊讶地说,"你是怎么做到的?"

"这是一种与仆人有关的文化。一个仆人想活下去,就得听命于任何看上去像主人的人,这很简单。你叫什么名字?怎么来这里的?"她一边问,一边四下看看。她们进入的这个房间有些昏暗,脏兮兮的,但非常大。目光所及之处,几乎没看见墙,不过有几根柱子和一道没有扶手的楼梯。

"我叫娜丁·谢波德,我……我……我看到一扇门,走进去,然后就在这里了,我……"这孩子有点歇斯底里。

"我知道,告诉我,你从哪儿来的?"

"芝加哥,在北部,靠近……"

"不是哪个地方,亲爱的,是哪个年代?哪一年?"

"哦……2004年。现在难道不是2004年?"

"时间和地点都不对。"四处都是那些缓慢移动的灰色人影,不过他们一直都没走出水泥地上画黄线的范围。他们身上的味道弥漫在空气中,并不好闻,不过……

埃丽诺径直走向一个看上去很悲伤的女人,后者停下来时,埃丽诺从她肩上扯下束腰外衣,然后拿着外衣走回来。那个女人没有表现出任何愤怒,继续慢慢前行。

"给你。"她把外衣递给年轻的娜丁,"穿上这个吧,亲爱的,你肯定冻坏了。你的皮肤都冻紫了。"确实,这里面并不比外面暖和多少。"我是埃丽诺·沃伊格特,或者也可以叫詹姆斯·沃伊格特夫人。"

瑟瑟发抖的娜丁穿上这件粗衣,不过她没有向埃丽诺道谢,而是说:"你看上去很眼熟。"

埃丽诺看了看娜丁,对方是一个蛮漂亮的姑娘,奇怪的是,她居然没有化妆。她看上去也非常伶俐。埃丽诺说:"你也很眼熟,我说不上来,不过……"

"好吧。"娜丁说,"请告诉我,我在哪里?现在是什么年代?发生了什么?"

"说实话,我也不知道。"埃丽诺说。透过那堵墙,她能隐约听到警笛声和扬声器里的声音。这里太黑了,她甚至看不出这个建筑的布局和功能。

"你肯定知道的！你那么……那么能干，那么有控制力，你……"

"我和你一样，是流落到这里的，亲爱的，我也是一边做一边想。"她继续在黑暗中观察，"不过，我可以告诉你：我们在很远、很远的未来。你在街上看到的那些可怜的退化生物是一个更高物种的仆人，我们暂时叫那更高物种'未来人'吧。这些未来人非常冷酷，能轻易在不同年代进行时空旅行，就像我们搭乘城际线路在城市间穿行那样简单。我目前知道的就是这些。"

娜丁正通过门上的一道小缝观察，埃丽诺之前并没有注意到，于是她问："这是什么？"

埃丽诺走过去借小缝窥探，只见一个巨大的球形机器在离这栋建筑一个街区远的地方停下。一大群昆虫状的东西——可能是机器人，也可能是穿了护甲的人——拥入这条街道，开始逐门检查。警笛声和扬声器戛然而止，路灯恢复正常。"我们得走了。"埃丽诺说。

巨大的人工合成声音突然响彻这栋建筑："阿克冈！阿克冈！扎扎克斯彼尔德！阿尔佐特！扎扎克斯彼尔德！阿克冈！"

"快！"她拉起娜丁的手，跑了起来。

那些没有情绪的灰色身影转过身，不慌不忙地准备出去。

埃丽诺和娜丁尽量远离走道，但是空气变得让人非常难受,离走道越远越是如此。空气像在燃烧,让人刺痛。她们很快被逼到两条黄线之间,一开始,她们还可以在这群家伙中挤出一条路,但很快她们就只能侧身而行。那些家伙脚步沉重、源源不断地从金属楼梯上走下来。他们成百上千地从突然自顶层直接降下的电梯中拥出,纷纷离开了昏暗的建筑物。

从涌动的人潮中挤出一条路特别困难,后来则完全不可能了。两人像卷入暴雨洪水中的浮木般无助地随波逐流,然后被推出了出口,来到街上。

"警察"就在那里等着她们。

埃丽诺和娜丁的衣服在一片灰扑扑的制服里特别显眼,要找到她俩轻而易举。一见到她们,两个穿着护甲的人就拎着长长的棍子靠近,用棍子向她俩打过来。

埃丽诺举起胳膊想挡一挡,棍子狠狠地打在她的手腕上。

可怕的灼烧般的疼痛随之袭来,比她经历过的任何疼痛都更为剧烈。在那头晕目眩的一瞬间,她出现了一种奇异的漂浮感。她想,如果她能忍受这种疼痛,就没什么是她忍不了的了,然后她昏倒了。

埃丽诺醒来的时候,发现自己在牢房里。

至少在她看来,这是一间牢房。这个房间很小,四四方方的,没有门。光秃秃的天花板上有一盏昏暗的灯,靠墙四周是一圈长椅,正中间有一个坑,里面散发的恶臭表明了它的作用。

她站起来。

娜丁在对面的长椅上捂着脸低声哭泣。

看来,她小小的勇敢冒险已经结束了。她反抗塔尔布雷科先生的暴虐,现在的结局却殊途同归。这是她自己犯的愚蠢错误,她没有经过充分思考,没有制订完备的计划,对敌人缺乏必要的了解,没有收集足够的信息,就草率行动了。她的对手,拥有毫不费力穿越时空的强大力量;而她的武器,只有一张手帕和一副备用眼镜。毋庸置疑,对方可以不费吹灰之力让她万劫不复。

他们甚至懒得收走她的包。

埃丽诺在包里翻了一下,发现一块用玻璃纸包着的硬糖,就把糖纸撕开,将糖扔到嘴里,木然地咂摸着。她已经失去了所有希望。

不过,尽管无路可走,她却仍然有自己的责任感。"你还好吗,娜丁?"她逼自己问道,"有什么需要帮忙的吗?"

娜丁抬起满是泪水的脸,"我只是走过了一道门。"她说,"别的什么也没做,没做任何坏事,也没做错什么……什么都没做,但是现在我却在这里!"她暴怒道,"都怪你,都怪你,都怪你!"

"怪我?"埃丽诺惊讶地问道。

"你,就是你!你不应该让他们抓到我们,你应该把咱们藏起来,然后回家。但是你没有,你是一个愚蠢的、一无是处的老女人!"

埃丽诺简直想扇对方几耳光,可是,娜丁还只是个孩子。也许,在2004年,人们教育出来的孩子就是这样。她劝自己,那些孩子给惯坏了,非常脆弱。21世纪的人有机器人为其完成工作,他们自己什么也不用做,只需要坐在那里听节目就好。所以,她不仅控制住了自己的手,也控制住了自己的语气,平静地安慰道:"亲爱的,不要着急,不管怎么样,我们都会从这里出去的。"

娜丁满脸不信,惨然盯着她,"怎么出去?"

埃丽诺自己也没有答案。

时间一分一秒过去,也许过了好几个小时吧。埃丽诺重新审视起当前的情况,虽然不一定有用,但总比在这里枯坐好。

这些"未来人"是怎么追踪到她的呢?

时空门上的某种装置或许可以警示他们,有一个未经授权的人通过了门。但是,这些"警察"轻而易举地准确定位了她!他们显然知道她的确切位置。他们的机器直接开到她所在的建筑那里,人们则像潮水一样把她逼到门外,送到"警察"面前。

所以,肯定是她自己——或许她身上有什么东西,能把"未来人"立即招来。

埃丽诺怀疑地打量着自己的包,把里面的东西一股脑儿倒在旁边的长椅上,寻找罪魁祸首。

几块硬糖，一条带蕾丝的手帕，半盒香烟，钢笔，眼镜盒，一瓶阿司匹林，家门钥匙……还有那个时间壁橱的钥匙。这是她身上唯一一件来自塔尔布雷科先生的东西，她捏起那把钥匙。

它看上去非常普通，埃丽诺擦了擦它，闻了闻，用舌头轻轻舔了一下。有点儿酸。

这种酸，有点儿像你用舌头舔小电池时感觉到的那种酸味。此外，上面像有轻微电流带来的刺激感。这绝对不是一把普通的钥匙。

她把眼镜推到头上，将钥匙放在眼前仔细观察。它看起来就像普通的日常钥匙，哦，不对，它上面居然没有生产厂家，而且看上去非常新，几乎没有任何磨损。此外，钥匙顶端还有不规则的几何花纹。

这些花纹是装饰还是别的什么呢？

她看到娜丁像猫一样一眼不眨地盯着自己，"娜丁，亲爱的，你的眼神儿比我好，可以帮我看一下这个东西吗？这上面是不是有些小开关？"

"什么？"娜丁接过钥匙，仔细看看，然后用指尖触碰了一下。

亮光一闪。

埃丽诺被晃了一下，等到能再次看清东西时，她们面前的一道墙消失了。

娜丁走到牢房边上,冰冷的风卷着雪花向她袭来。"看!"她叫道。接着,当埃丽诺走到她身边,准备看她发现了什么时,娜丁搂着她一起跳下了面前的深渊。

埃丽诺高声尖叫起来。

这两个女人开着警车驶上"百老汇大道",朝"时代广场"开去。挡风玻璃周围有无数仪表,但是这车操作起来却非常简单:有根单独的操纵手柄,往前推,车子就加速行驶,向两侧推,车子就转向。车门和转向杆都没有上锁,显然,这里的人没什么攻击性,所以,连锁都用不着。这样才能解释为什么她和娜丁可以如此轻易地逃掉。

"你怎么知道这辆车在我们下面?"埃丽诺问,"你怎么知道我们能否开车?你拉我跳下来的时候,我心脏病差点儿犯了。"

"这棒极了,是不是?我在电影里看的。"娜丁咧嘴笑道,"请叫我杨紫琼。"

"随便你怎么说。"埃丽诺开始反思自己对这个女孩子的仓促判断。显然,2004年的人并不像她之前认为的那样,都是温室中的花朵。

挡风玻璃下面一块方形玻璃薄片闪了一下,发出嗡嗡声,然后,它亮了起来,一堆白色的光斑跳来跳去,最后拼成一张脸。

塔尔布雷科先生的脸。

"黎明时代的时空逃犯，"他的声音从某个看不见的隐形扬声器中雷鸣般响起，"听令，服从。"

埃丽诺尖叫着将包摔到可视屏幕上，"不要听他的！"她命令娜丁，"看看你能不能把这东西关掉！"

"立刻把偷来的警车停下。"

然后，让埃丽诺惊恐的事发生了——她竟然把那根手柄向后推去，警车慢慢停了下来。但是，与此同时，原本盲从塔尔布雷科先生的娜丁，也抓住那根手柄，发出奇怪的声音，身子一歪倒向手柄，将它撞向一侧。

车子歪向一边，撞到一栋大楼的外墙，翻倒了。

娜丁将车顶的车窗打开，将埃丽诺推出去。"快出去！"娜丁喊道，"我看到那个黑门一样的东西了，那个，你知道的，就那玩意儿！"

这个年轻女孩的英语表达能力似乎不是特别好，这让埃丽诺不禁好奇2004年的教育水平是个什么样。

她们来到"时代广场"中心的那一圈门前，路灯又闪起来，扬声器里开始喊"阿克冈！阿克冈！"警车从四面八方围过来，但是她们仍有一点点时间。埃丽诺用钥匙敲了敲离她最近的门，没反应，试下一道门，还是没反应。她绕着这栋建筑跑了一圈，在每道门上都试了试，终于……有一道门开了。

她抓着娜丁的手，冲了进去。

内部空间呈巨大的环形向四周延伸开去，埃丽诺转了一圈，到处都是门，而且所有门都关着，她完全不知道哪道门后是属于自己的纽约。

不过，等一下！每道门上都挂着对应本时代的衣服，她要是一一寻找，找到一套职业装……

突然，娜丁抓住她的胳膊，"哦，我的天啊！"

埃丽诺转过身，看见她们刚刚进来的门再次打开，塔尔布雷科先生就站在那里，不，更准确的应该是"三个塔尔布雷科先生就站在那里"。他们就像一个豆荚里的豌豆，她无法分辨他们，甚至不知道这几个人里究竟有没有自己的老板。

"从这里走，快！"娜丁尖叫起来。她抓起钥匙打开最近的一道门。

她们一起逃了。

"奥洛什图卢卢，阿舒拉卢穆塔！"一个女人唱道。她穿着一件连身衣，手上的写字板差点儿戳到埃丽诺的脸，"奥拉卢拉斯武拉，乌拉路林。"

"我……我听不懂你在说什么。"埃丽诺结结巴巴地说。她们站在一片绿色的草坪缓坡上，草坪的一侧伸入海边。海滩上，男男女女操控着某些巨大的建筑机械（女人竟然在干这个！在她见过的惊奇事物里，这可谓首屈一指的级别），正在抬升一个巨大而神秘的东西，这个东西让埃丽诺想起《圣经》

中的通天塔。热带的风温柔地抚过她的头发。

"黎明时代,阿默林戈。"写字板说,"具体时期无法确定。回答我的下列问题:汽油,是给灯用的还是给车用的?"

"大部分都是给车用的,不过仍然有一小部分——"

"苹果,是水果还是电脑?"

"水果。"埃丽诺说道。不过,与此同时,娜丁说:"两个都是。"

"前景,是梦想,还是复兴?"

两人都没说话。

写字板用一种满意的语气尖声说:"来自原子时代早期,一个在广岛事件前,一个在广岛事件后。你们可能会经历一瞬间的不适,但是不用害怕,这都是为了你们好。"

"拜托,"埃丽诺在那个女人和写字板之间来回看了看,不确定应该向谁说话,"发生了什么?我们在哪儿?我们有很多——"

"没时间让你问问题。"那个女人不耐烦地说,她的口音很奇怪,埃丽诺以前没听过,"你们得接受一些训练,刻上忠诚烙印,正式参加时间军团的训练。我们需要所有能找到的时间战士,这个基地明早就会被摧毁。"

"什么?我……"

"把钥匙给我。"

埃丽诺不假思索地把钥匙给了那个女人,然后,一阵恶心涌上来,她摇晃一下,在摔倒前失去了知觉。

"要不要来点儿?"一个脸上文着黑色鳗鱼花纹的男人坐在她对面,正咧嘴笑着,他的牙都磨得很尖。

"你说什么?"埃丽诺不确定自己在哪儿,也不确定自己是怎么来到这里的,更不明白自己为什么能听懂这个令人不安的男人的话。她确定他说的不是英语。

"这个。"他将一个打开的金属盒子推给她看,"要来一点儿不?"

"不用,谢谢。"埃丽诺小心翼翼地说,尽量不冒犯他,"这个会让我起疹子。"

那个男人骂骂咧咧地走了。

然后,一个年轻的女孩在她旁边坐下来,略带迷惑地问:"我们认识吗?"

她转过身,看见是娜丁。"嗯,亲爱的,我希望你不要这么快就把我给忘了。"埃丽诺说。

"沃伊格特夫人?"娜丁惊讶地说,"可是你现在……你现在……看起来好年轻!"

埃丽诺不由自主地伸手去摸自己的脸,发现皮肤紧致光滑,原本已略显松弛的下巴也恢复了。她摸摸头发,感觉自己的头发也变得柔顺动人。

她忽然非常想照照镜子。

"我睡着的时候，他们肯定对我做了什么。"她摸了摸自己的鬓角和眼周皮肤，"我竟然没戴眼镜！还可以看得这么清楚！"她向四周看了看，发现自己所在的房间比之前那个牢房更具斯巴达风格。对面摆着两张金属长椅，上面坐着各式各样的男女。那个超过三百磅的女人（她全身都是肌肉）旁边坐着一个得了白化病的小伙子，他清瘦矮小，很不起眼。不过，如果你看到他精明的面孔和炯炯有神的眼睛，就会明白，他才是这个房间里最危险的人。其他那些人也是，虽然都没长角也没长尾巴，但都不容小觑。

那个小矮人探身过来，"你们来自黎明时代，对吧？"他说，"如果你能活下来，就告诉我你是怎么到这里来的吧。"

"我——"

"他们希望你当自己已经死了，不要相信他们！如果我一开始不知道自己能毫发无伤地活下来，那我绝对不会报名参加。"他眨了眨眼睛，坐回去，"现在的情势的确希望渺茫，但我也不太当回事儿。"

埃丽诺也眨了眨眼睛。这里的每一个人都疯了吗？

与此同时，一块和警车里一样的可视化平板从天花板降下来，一个女人的影像出现了。"英勇的雇佣兵们，"她说，"我向你们致敬！正如你们所知，我们现在处于战争的最前线。'未来人帝国'已经无情地逐步侵入了他们的过去，也就是我们的现在，一次占领一年。到目前为止，真正人类的理性时代在他们的冲击下已经失去了5314年。"她的眼睛因愤怒而闪闪发光，"现在，我们要结束这一切！一切到此为止！我们一直在失败，是因为我们生活在他们的过去，无法掌握比他们先进的技术，我们发明的任何一种武器，在他们面前都不堪一击。

"因此，如果我们要打败他们，就不能靠技术，而要靠人性，他们不再是人类，缺乏人性的特质。我们研究远古历史时发现，先进的技术也会被原始的勇气和纯粹的数量打败，使用射线能量武器的人也可能被只配备了落后中子弹的人打败——如果后者人数足够，而且不怕牺牲。一支装备能量枪的军队，可以被另一支意志坚定的军队用石头、木棍和决心摧毁。

"几分钟后，上百万架运输机会抵达飘浮在虚空时间里的中转站，你们戴好呼吸器后就立刻出发。你们会在那里看到时间艇。每艘时间艇需要两名操作员——一名驾驶员，一名主控。驾驶员会尽力将你们带到离未来人'无畏舰'最近的地方，主控则按下时间腐蚀弹的按钮。"

埃丽诺觉得这事太疯狂了，自己不会这么做的。但是，她同时意识到，她现在拥有驾驶员和主控的复杂知识与技能。那些人肯定是在让她重返青春、提升视力的时候，顺带让她拥有了这些能力。

"你们中只有不到千分之一的人可以活着靠近'无畏舰'，这也足以让大家的牺牲不至白费。正是因为你们的牺牲，人类才能免遭被奴役甚至被毁灭的命运。勇士们，我向你们致敬！"她握紧拳头，"万死不辞！理性万岁！"

随后，所有人都站了起来，对着那块屏幕，握紧拳头，齐声响应："万死不辞！理性万岁！"

让埃丽诺感到害怕和难以置信的是，她发现自己也和其他人一样在呼喊那句口号。甚至，更糟的是，她是真心实意地想去践行它。

拿走她钥匙的女人说过关于"忠诚烙印"的话，现在，她知道这是什么意思了。

在灰色的虚空时间里，埃丽诺心不甘情不愿地走进那艘时间艇。以她现在视力倍增的眼睛来看，这是一个非常原始的设备：配有非惯性推进器组件的折叠船体上，装载有十五克的纳米机械，艇内则装有五吨湮灭物。她知道，这东西具有极强的破坏性。

娜丁跟在她后面。"我来驾驶吧，"她说，"自打马里奥成为《大金刚》里的反派，我就在玩电子游戏了。"

"娜丁，亲爱的，有个问题请教一下。"埃丽诺坐到主控的位置上。发射这个毁灭性武器有二十三个步骤，每一步都很精细，如果哪一步没有正确执行，武器就发射不出去。而她自信可以稳、准、快地完成这项任务。

"什么问题？"

"你满嘴说的那些来自未来的词汇,真的不是胡话吗?"

娜丁的笑声被可视屏幕上的通话盒打断。之前发表演讲的那个女人出现在屏幕上,模样非常严厉,"二十三秒后起飞,理性万岁!"

"理性万岁!"埃丽诺和娜丁一起热切地喊出口号。不过,她在内心深处想,我怎么会变成这样?没什么比像一个老傻瓜更让人懊丧的了。

"11……7……3……1。"

娜丁起飞了。

没有时间和空间,也就没有顺序,没有模式。未来人"无畏舰"和理性时代的时间艇之间的战斗,那些位移、佯攻、躲避,都可以简化成瞬间存在的点,最终呈现出一个二元数据:胜/负。

理性时代失败了。

未来人又向前占领了一年。

不过,在这场并非至关重要的战役中,有两艘时间艇——其中一艘由娜丁驾驶——靠近了驱动未来人战舰的旗舰的关键点。两位主控发射了炸弹,两道冲击波向前飞出,与未来人发射的不断扩大的对抗冲击波相撞,混合,叠加,融合。

然后,极其复杂的事情发生了。

埃丽诺发现自己回到了纽约,坐在阿尔冈昆旅馆酒吧的一张桌子前，娜丁坐在她对面。她们旁边是那个聪明的白化病小伙子，和那个脸上有文身、磨过牙的男子。

那个白化病小伙子笑容满面，"哈，原始人，我除了希望自己可以活下来以外，最希望你们也能幸存。"

他的文身同伴皱了皱眉，说："请注意你的措辞，西弗。不论在我们看来她们有多原始，她们自己并不会这么认为。"

"你说得对，邓·加尔。请允许我先自我介绍一下，我是3197到3992世纪超时空领主豪斯·奥彭的第七代克隆，未决王位后备继承人。简称西弗。"

"我是邓·加尔，雇佣兵，来自理性时代早期，那时理性时代尚未倾颓。"

"我是埃丽诺·沃伊格特，她是娜丁·谢波德。我来自1936年，她来自2004年。我们在哪里——这种表述对吗？"

"这不是哪里，也没有时代，亲爱的原始人们，我们显然是被抛进了超时空，这里不能用你们熟悉的那种无趣的七维时空理论来理解。假设我们能直接感知它而不疯掉，谁知道我们会看到什么呢？对我来说……"他摇了摇手，"这就像我父亲的克隆器，里面的很多个我都成年了。"

"我看到一个车间。"邓·加尔说。

"我看到——"娜丁刚刚想说。

邓·加尔突然脸色苍白，"一个塔尔布雷科零级人！"他跳起身，手本能地去抓在此状态下并不存在的武器。

"塔尔布雷科先生!"埃丽诺的呼吸急促起来。这是她在理性时代的时间堡垒中接受技术训练以来第一次想到他。一说出这个名字,相关信息便如潮水般涌了出来——"未来人"有七个阶层,他们叫自己塔尔布雷科人。人数最少的塔尔布雷科六级最为残暴,统御他人;塔尔布雷科零级数量很多,能让数百万的民众服从。最厉害的塔尔布雷科零级人可以轻易在一秒内控制四个人。这种力量要是展现出来,会非常可怕,埃丽诺如果早知道,当初可不会走进那道门。

西弗指着空椅子说:"嗯,我估计你也该现身了。"

那邪恶的灰衣未来人拉开椅子在桌边坐下,"这小个子知道我为什么会在这里。"他说,"其他人不知道。但是,向你们这样的人做自我介绍太丢份儿了,所以,他来说吧。"

"我有幸做过一些有关时间运作的研究,"那个小个子男人十指相对,面露神经质又略带狡猾的笑容,"所以我知道,物理力量在这里是无效的。我们只有通过辩论才可以一决高下,那么……我先开始吧。"

他站起来,"我的陈述非常简单:正如我刚刚告诉咱们亲爱的原始人朋友的那样,未决王位的继承人是很宝贵的,可不能随便冒险。在我获准成为雇佣兵之前,较为年长的另一个我从试验中返回,证明我可以毫发无损地活下来。我之前都活下来了,所以,之后我也会活下来。"他坐了回去。

短暂的沉默后,邓·加尔问:"这就是你要说的全部吗?"

"是的，就这么多。"

"好吧。"邓·加尔清了清喉咙，站起来，"现在轮到我了。从各方面讲，未来人帝国的本质都是不稳定的。起初，他们的出现也许只是一种偶然，也许他们仍是从正常的进化进程中崛起，这样，他们仍可以宣称自己符合自然进化规律。但是，当他们开始入侵自己的历史，一切就都变了。为了确保自己能够征服过去，他们得向所有过去的时代派出工作人员，去影响、去搞破坏，改变历史的面貌，从而保证他们可以出现。他们真的做到了。

"大屠杀、集中营、种族灭绝、世界大战……"（还有很多没有翻译过来的词，埃丽诺估计那些内容比她能听懂的更可怕）你不会真的相信这是人类的所作所为，是吧？如果任我们自由发展，我们可做不出那些事。毕竟我们是很有共情能力的物种。人类的惨痛悲剧，未来人都是始作俑者。我们远远不够完美，最好的例子就是，在真正人类的理性时代的末期，指挥者对待战争的粗暴处理方式，几乎变得和未来人一样可怕。未来人可能就是从中诞生的，但是，我们本来会进化成什么样呢？

"没有未来人的干预，我们难道不会变成更优秀的物种吗？也许我们不会变成未来人，而会成为真正名副其实的最完美的人。"他说完就坐下了。

西弗有些讥讽地轻轻鼓掌，"下一位呢？"

那个塔尔布雷科零级的双手重重在桌上一拍，然后，他弯腰一撑，站了起来，"老虎需要向绵羊解释自己的行为吗？它有必要解释吗？绵羊只需要知道，死神就在身边，老虎会吃掉自己想吃的动物，现在暂时没吃，也只是因为老虎还不饿。当人类遇到他们的主人时也一样，我奴役人，不是因为这是对的或者是恰当的，仅仅是因为我能。证据就是，我已经这么做了！我们无须为力量正名，它要么存在，要么不存在。我有力量，谁敢说我不比你们强？谁能否认死神已经在你们身边？自然选择让人类中最有适应力的那些成员成为新的物种，物竞天择，进化让我用脚踩住你们的脖子，我就不会抬起脚。"

在众人的沉默中，他坐了下来，不经意般向埃丽诺的方向瞥了一眼，似乎在等她反驳。但是，她做不到！她的思维一片混乱，她的舌头也在打结。她知道他错了，也确信他是错的，但是她没办法把自己的想法表达出来，她甚至无法清晰、快速地思考。

娜丁轻声笑了。

"可怜的超人！"她说，"进化不是线性的，不是我们看的那种图示，线的这头是一条从水里爬出来的鱼，另一头是一个穿着商务西装的人。所有物种都同时努力地朝不同方向进化，高一些，矮一些，快一些，慢一些……当某种特质带来益处，就可能代代传承下去。未来人不比真正的人类聪明多少，甚至还可能差一些。他们没什么灵活性，创造力也不行……看看他们创造的那个停滞的世界吧！他们只不过是力量强大一些而已。"

"力量？"埃丽诺吓了一跳，"这么简单？"

"就这么简单。想想希特勒、墨索里尼、古罗马皇帝卡里古拉……他们在个性上更强硬，能够让别人按照他们的意志行动。未来人很像是这些人的后代，但其操纵能力呈指数级别增长。还记得那个下午，塔尔布雷科命令你坐在窗台上吗？这对他们而言简直轻而易举，就像呼吸一样简单。

"这也是理性时代的人为什么赢不了的原因。嗯，他们当然可以赢，如果他们能够根除自己潜在的那种强迫人服从的欲望。但是，他们正处于战争中，他们会使用自己拥有的任何武器。能让数百万战士牺牲自我的能力太有用了，不能就此放弃。在他们与外敌斗争的过程中，未来人的祖先就在他们中间诞生了。"

"你承认了。"塔尔布雷科零级人说。

"哼，别说话！你们这些愚蠢的小走卒，根本就不知道自己在面对什么。你们问过前沿的未来人为什么向历史进军，而不是向未来扩张吗？显然，这是因为未来有更为危险的事情，而你们不敢面对。你们害怕那一天，害怕会遇到——我！"娜丁从口袋里拿出一个东西，"现在，你们都滚开吧。"

一道光唰啦一闪。

什么也没有改变，但是所有的一切都变了。

埃丽诺仍然和娜丁坐在阿尔冈昆，但是西弗、邓·加尔，还有那个塔尔布雷科零级人都消失了。更重要的是，现在这个酒吧比之前那个真实不少。她回到了自己原来所在的时空里。

埃丽诺从包里翻出一包皱巴巴的绿好彩香烟，抽出一根，点燃。她深吸一口，缓缓吐出烟雾，"说吧，你是谁？"

这个女孩的眼中闪着充满兴味的光，"怎么，埃丽诺，亲爱的，你不知道吗？我就是你啊！"

所以，埃丽诺·沃伊格特其实是进入了时空中最独特的一个组织，它完全由成千上万个她自己组成。在数百万年时间里，她不断成长、进化，最终那个令人生畏又光辉万丈的她，已经远远不同于从前的人类。但是，凡事都必须有个起点，埃丽诺也得迈出第一步。

她觉得，未来人在人类终将面对的敌人中不算强，人类也算是自找的。不管怎样，人类都必须反抗，但要温和一些，不那么暴力，这也让任务变得有些困难。

经过十四个月的训练，她也恢复了年纪，被送回她最初借《时代周刊》应征那份奇怪工作的纽约时空。经过安排，处于这个时空的她并没有应聘，也就没有卷入这次事件，但如果有必要，她随时会被再次招募进时间军团。

"什么不寻常的地方？"她问，"我不明白，我需要提防什么？"

"等你看到的时候，就知道了。"这个塔尔布雷科零级人说。

他把钥匙递给她。

她接过钥匙。她的身体里，藏着一些工具，其力量足以让这种原始的时空转移装置相形见绌。不过，这把钥匙中所含的编码信息会使未来人帝国的大门向她敞开。她能在他们的眼皮子底下工作，破坏他们的计划，消耗他们的力量，最终，在他们第一次出现前就消灭他们。

对此，埃丽诺目前只有一些粗略的想法，但是她有信心，假以时日，她会圆满完成任务。而她有的是时间。

她有整个世界的时间。

SKY TOWARDS
by
Wanxiang Fengnian

▽

飞裂苍穹

万象峰年

万象峰年，男，80后科幻作家，作品风格多样，细节扎实，曾获银河奖、星云奖、引力奖等奖项，入选多部科幻年选及选集。作品被翻译为多种文字发表，代表作《后冰川时代纪事》《三界》《点亮时间的人》等。资深科幻迷，长期参与到科幻文化和科幻行业中，从事过政府基层工作、创意策划、科幻编辑等工作。

本文为《银河边缘》中文版专发篇目。

告别之路

脑身延迟时间越来越长。

踏上天赐之路已经七千七百七十六个浪涌时间了,燧之酋领导着探险队继续往穹顶深入。此时笼罩在每个人心中的,是黑暗一样无边的忧虑。地热辐射抵达不了这里,身体与远在故乡的大脑之间的联系越来越微弱。

碎石踩在脚下发出窸窣的声音,地蜥皮的长筒靴循穴道接踵而上。因为寒冷和延迟存在,每个人的脚步都缓慢而钝拙。感官时而清晰,时而模糊。他们必须小心又小心。有时候圆钝的石子会沿着穴道向下滚进深渊,坠向温暖的热乡——他们的家园。

他们是这个时代最后的决命者。出发就准备好了死亡,但是没有人想先倒下。每多走出一步,决命者在与命运的决斗中就多胜出一步。

整支队伍分享着一支火把,就像他们最后会幸存的那一个人。微光在洞壁上照出上一队先行者留下的缆绳。缆绳的强度尚可容许他们粗大的毛茸茸的手借以攀缘。在缆绳朽坏的路段，他们就要补上新的绳子。先行者全都死在了洞穴里，那一次探险无人回归。之后，过了四代人才再次有探险队出发，这可能是最后一支探险队。路上出现了几具遗骸，无处可葬，决命者的黄铜徽章在遗骸身上的纤维中间微微发亮。同样的事情也会发生在正在行走的决命者们身上。

他们的身体已经穿过了厚重的岩层，借由缓直的天赐之路把信号送达。头上的岩层仍旧无比厚重，这就是他们祖祖辈辈仰望的天穹。天穹有多厚？再上面有什么？古往今来的智者无人敢作答。只有洞穴中徐徐流过的空气，给决命者们继续走上去的希望。

又过了一千多个浪涌时间，他们走到了先行者留下的最后一处营地。毛毡布下盖着一具骨骸，旁边是另一具倒下的骨骸，没有人为他遮盖。残留的毛发被风吹得瑟瑟抖动。没想到这里就是他们的终点。这是一处横道，天赐之路到这里结束了。再往上是盘绕如迷宫的分支洞系，岩层就像黑牢的屏蔽墙。

"上面不会有信号了。"有人坐在地上哽咽着说，"死神就要开始收割了。"

"你怕了？听一听先行者的低语。"另一个声音说，"据我所知，你的祖先也是决命者。"

风吹过发出低沉的声音。前一个说话者看了一眼地上的头骨，两个黑黢黢的眼洞对着他，他把话咽了回去。

很快又有话冒出来:"那些迷宫,我们总得想出对策。"

"跟着风。"

"风有可能把我们带入窄道。"

众人沉默下来。阴冷的气流在众多的洞穴口交汇、盘旋,带着岩石的生味,轻舔着众人的毛发。他们这一代决命者从幼年开始就进行残酷的训练,把那个脆弱的自我封装在心底的岩石中,每个人都在信号窒息训练中经历过上千次濒临死亡。他们承载着族群最后的希望,不是为了在这里停下来。

燧之酋穿过众人,他们的毛毡披风摩擦发出沙沙的声音。燧之酋把行囊放下,从里面掏出兽皮包裹的肉干,尽数倾倒在岩石地面上,就像做了一个决绝的告别。然后他挥手,众人顺从地退到岩壁后。

风带着气味散入到洞系中。不知道等待了多久,中途他们还赶走了几只无关的小动物,终于,一只蹄足类的小兽走过来,听声音有足够大的体形。众人屏息守候着这个珍宝。小兽一点点接近,过了许久,响起了咀嚼肉干的声音。燧之酋擎着火把出现,小兽很快消失在高处的一个洞口。

燧之酋把行囊背到背上抖了抖,对众人说:"走吧。我们的身体将死在远方,我们的灵魂将归于大潮。"

"众灵与我们同在。"他人默念。

洞穴里狭窄逼仄,每个人背上的膜翼都本能地撑得大大的,贪婪地汲取着大脑发来的每一点点意识信号。膜翼划过洞壁留下点点血迹。斑点漫延到整个视野，丢失的回传信号使他们收到的视觉图像变得灰白，这是将死的预兆。劳累、寒冷和意识稀薄压住了每个人想说话的欲望，洞穴里只听到各种摩擦声和牙齿颤击的声音。经过窄口时，膜翼收缩起来的人常常失去信号一头栽倒在地，身体进入保护状态，要靠前面的人拉一把或后面的人推一把才能重新恢复意识。

走到这里，燧之酋不会再责备任何一个人。每个人都交出了自己能交出的一切。他们的生理形态天生就不适合远行，在历史上绝大部分时间里，他们只是一群围绕在群脑附近活动的浑浑噩噩的猿人。热乡的深处，岩浆大潮涌动着永不停息的舒适旋律，也给了他们智慧的辉光。因此，燧之酋能看见痛苦。他羡慕那些脑身一体的小动物，尽管热量限制了它们的智慧，但是它们拥有无限旅行的自由。他们也想获得自由，于是他们违抗了本能，驱使身体走出安全区，在茫茫岩丛中砰然挣断那根线。冒险者的大脑失去了所有感官，滑入黑暗深渊，渐渐变得混沌，最终死去，萎缩，进入群脑的物质循环。冒险者的故事成了谜，冒险者的愚妄成了一代代的箴训。

先民冒险者的勇气被一类怪异的人继承。在久远的从前，决斗的两人会朝一个方向一直走，直到其中一人倒下。后来"决命者"的称呼被另一群人沿用，成了一个世代传承的秘密群体。新的决命者们为拓展一点世界的疆域，结队出发，直至剩下最后一人，带回世界边缘的消息。他们用九死一生的惨烈，挑战自然给他们设下的限制。决命者不再是自己，只要一人活着，决命者就活着。这个名字预示了决绝的命运。他们背弃了文化，背弃了家人，背弃了自己，直至孤身一人。所有同伴的生命凝结在最后一人身上。

白汽从口中吐出，这是永远不能走出故乡的孤独。燧之酋忍受着意识和身体撕裂的疼痛，一次次爬起来。此刻孤独又跟了上来。他的朋友一个个消失在幽深的洞穴里。有人因为延迟没能跃过脚下的裂缝，有人僵硬地栽倒就再也起不来，有人精神崩溃游荡进了迷宫的深处。死者身上的决命者徽章会留下一半，另一半由剩下的人带走。

最后一个同伴倒下，冷却。燧之酋质问死去的为什么不是自己。洞穴中沉默无人应答。他取下死者徽章的一半，投入腰间的一只小袋子。绵延了几百代的决命者只剩下最后一个了。

按理说他应该返程了。但是，他呆呆地看着幽深的洞穴，感觉还有继续走下去的理由。终于他背弃了决命者的信条，继续朝前走去。

告别了一切，他要与命运做最后的决斗。

因为感官时而丢失，什么时候走丢了靴子他也不知道，脚步变得沉重刺痛。腰间的一小袋徽章发出细脆的响声，与黑暗中的众灵对话。

岩层静默。我们的灵魂将归于大潮。

随着踉跄的脚步，火把的火焰抖动得越来越厉害。燧之酋嗅到了岩层中没有的气味。从一个拐角上去,毫无征兆地,岩层消失了。

火把被大地上的疾风吹灭。无数颗亮点挂在新的天穹上,像铁炉中溅出的火星。凭借着在地底练就的暗视力,燧之酉可以看到星光下的大地,这是比热乡宽广上千倍上万倍的没有岩层阻隔的空间。在最狂野的神话中,也没有人敢想象世界有如此广阔。

一个新的世界。

震撼和恐惧攫住他的心,他的身体随着寒风颤抖,意识像蜡烛一样摇摇欲灭。

长时间在洞穴中的佝偻行走几乎让燧之酉忘记了直立,他依靠微弱的信号紧紧抓住那一袋徽章。

一群曾经在地下给他们引路的小兽从地平线上跑过去,像一簇响箭。星辰下面的大地荒凉贫瘠,在遥远的地方喷吐着岩浆。有了这个高悬在头上的新世界的激励,总有一天他们能找到克服信号阻碍的方法。他已经在脑海里想象着同胞们生活在大地上的景象。

被囚禁的孤独冲破牢笼喷涌而出。他的眼眶涌出热泪。

他想要马上在大地上奔跑。但是他站在洞口,没有再走出一步。任何死亡的风险都已经成为奢侈的事。此刻最重要的,是回去把新世界的消息告诉他们的同胞。

新世界暗影

"当我们中的第一个人踏上地面的时候,这个种族就再也不能停止向外张望的幻想。"

这句话铭刻在静谧海发射场的人员入口处。发射场外围着观看发射的人群,露营灯照出几束暖光,看起来就像一场野餐会。

"新天号"核动力火箭矗立在发射台上。它此行送上太空的巡天望远镜将解答困扰他们种族已久的一个问题。

他们的种族为了平衡高耗能的大脑和发展空间,走上了半寄生于地热的脑身分离的演化道路。面对冰冷空旷的外部世界,在科学刚刚启蒙的历史时期,有一种思潮认为,这条演化之路是一条即将走到尽头的路。然而今天,自第一人登上地表四千个变星年以来,文明已遍布星球表面。巨大的电梯井连通地上地下。人们在全世界建起信号中继站,各种信号中继器覆盖建筑和交通工具,中继卫星在静止轨道上将脑身信号传递过高山峡谷。人们重新认识了世界,以星球的自转计天,以一颗明亮变星的周期计年。核能从一无所有的岩石中开凿出来,将文明推向新的高度。

尽管他们的祖先很久前就把自己的文明命名为热乡文明，但现在绝大多数人的身体已经走出热乡，居住于地表。人们习惯了一秒以内的日常延迟。全球的人口发展到群脑的极限，大约两千万人。更令星球居民自豪的是，他们还在太空建起了空间站，与它联系的是巨大的地面天线阵列，受过特殊训练的航天员可以适应数秒的延迟。新世界的人拓展了祖先从未敢想的疆域，用技术和雄心彻底超越了脑身一体的动物的自由度，他们已经没有什么可羡慕的它物，而且敢把目光投向头顶的星星了。

火箭升空了，一团火光骤然亮起。被核燃料加热到高热的推进剂冲进缓冲池里，激起一大团白色的水汽。远远地看去，火箭就像一个小小的玩具，被一只小手托举着从浴缸的泡泡里升起。发射场周围的人群发出一阵小小的欢呼声。

一百四十天过去了，巡天望远镜对接到空间站上进行第一次检修。它采集的数据和地面巡天网络的数据整合，会在今天得出分析结果。这是最后的宣判。

瀚之澜缓缓靠近走廊的另一头。飘到尽头的舱壁上停止运动后，他才能转动脖子。穿戴宇航服消耗了大量时间，就像在指挥一个宝宝钻过火圈一样。转动控制舱门开闭的操作盘时，每转一下都要停顿几秒，等待反馈到达大脑中。航天员有一套严格而死板的操作流程来确保不会落入延迟带来的危险。他自己则有一套理论来化解这种笨拙的尴尬——他比星球上的其他人更能领悟到气定神闲的生活哲学。有时在工作开始之前,他会泡上一壶岩茶,让自己进入茶色扩散般的优雅节奏。

他是航天员也是工程师还是天文学家,就像大多数人一样身兼数职。这次检修需要一点舱外作业,飘在真空中的瀚之澜感觉自己像一粒孤独的种子。他看自己的星球,像一颗果实。在热红外波段能看到红色的火山链仿佛静止不动,灰褐色的火山灰对流带把星球分割成几块,灰白色的沙尘暴团以肉眼几乎不可识别的速度慢慢浸润开。想到自己的大脑就在脚下这颗果实的果核里安睡着,他感到一阵战栗。古代的很多文学家描述过凝望自己大脑的感觉,现在的群脑则被重重防护起来,禁止一般人接近,更像一个谜。

人要如何告别自己?这是古往今来的同类们都在不断思考的问题。瀚之澜每次登上空间站,也会站在这个特别的角度思考。

警报器发出爆鸣声,提醒他延迟有点超标了。瀚之澜调整姿态,从一块打开的金属盖板后面挪出来。他掰开工具套件上的一把电动螺丝刀。星球上的灯光洋洋洒洒散布在大陆上,数十个更亮的大点是城市。摁下按钮转动螺丝刀,停,再转,再停,直到刚好为止。除此之外,他们的星球淹没在一片黑暗中,连轮廓都难以辨认。电机发出微微的嗡鸣,他放下工具套件，等它停止飘动。视野边缘的星光则像众神的宫殿，只要稍稍抬起头，它们就会占据整个视野。伸出手，等手到位，调整位置，抽出元件。星光倒映在银色的钛合金表面，光华灿烂。为什么星光在宇宙中如此普遍，在他们的这个世界却毫无踪迹？这是存在于辉煌新世界里的暗影。难道那些是其他文明创造的辉煌，而自己的文明还只是蛮荒之地？瀚之澜不愿意相信这个理由，他更不愿意接受另一个可能的结果。

更换好一个元件后，随身计算机收到了地面转发来的分析结果。瀚之澜长长地吸了一口气。星空在面罩上扭动，渐渐模糊，像燃烧的火焰，又像围绕着火堆舞蹈的一群幸运的孩子。他在黑暗中远远地看着星空，那个他最不愿意接受的结果发生了。

对巡天数据的分析最终确认，他们的家园是一颗在漆黑宇宙中流浪的特殊行星，没有恒星的温暖，没有兄弟姐妹。宇宙中随处可见的情况是，几乎所有行星都沐浴着太阳的光辉，它们形成家族体系，每一颗小得不起眼的亮星都提供了近乎无穷无尽的光和热。瀚之澜想问为什么，但是，这个渺小的问题在宇宙空间中显得是那么的微不足道。

他最后又看了一眼星空，缓缓地朝舱门飘去。

众灵之心

最高执政官在安全官员的陪同下,从一号电梯井降下。这一班电梯的普通乘客已经被清空,空旷的碟形大厅里只有他们几个人。机舱在圆柱形的钢架结构井里由徐到疾降落,头顶上的光亮越来越弱,很快窗外就没入黑暗中,每隔一段时间闪过一盏小小的灯。中途经过一段灯光明亮的地方是开拓者纪念碑,最高执政官向窗外行了一个礼。大约三十六个浪涌时间过后,一行人到达了热乡。

这是他们古老的故乡,现在成了温暖的观光地,有热海、古聚落遗迹、原住民保留区、游客体验区和攀岩探险项目,古色古香的岩居发着暖光,旅行者络绎不绝。

热乡的最深处是一片看守严密的区域。第一层警卫墙里面不再有游客踏足;第二层警卫墙厚了很多,架设着致命武器。一群警卫围上来,用探测器对着最高执政官乘坐的车辆来回扫了许多遍。第三层警卫墙则是包裹着天空的全封闭式钢筋混凝土建筑,仍然有几座体育馆那么大,呈圆形,像是一头星球级的怪兽留下来的巨蛋。最高执政官的车停在这只巨蛋旁,执政官走下车,接受了搜身和扫描检查,然后步行进入闸门内。走过迷宫似的几条通道,最高执政官来到群脑前。

她仰头看着这个庞大的远古生物一样的东西。在这一生中,她只在视频里看到过。群脑在防爆玻璃后,占据一座体育馆大小的场地。无数个灰白色的脑泡拼合在一起,组成一座半球形的肉山,从任何一边都看不到头。肉山外部包裹着一层有机质天线网。靠近肉山顶部的是孕育囊,此刻正孕育着几十个胎儿。发育成熟的婴儿身体会从"山"顶上滚落下来,滑出一条长长的闪着光泽的水迹。比排水管还粗大的血管从"山"顶爬出,缠绕着肉山,大血管中间又分出更细的小血管,再继续分裂,末梢伸入到成千上万个脑泡中去。下方的泵室把血浆泵入血管,这座肉山看起来就像在隆隆地蠕动。最高执政官皱了一下眉头。这种感觉很奇异,就像看着一个既让人敬畏又让人怜惜、既难看又让人无法讨厌的婴孩。

这就是让所有人无法远离的原点。此刻自己就在其中思考,自己的意识和两千万个同胞的意识紧紧挨在一起,虽然他们是互相独立的个体。

"啊——"最高执政官发出一声惊叹。她想伸手去触摸防爆玻璃。

"别!"一个声音叫住她。说话的是一个穿着白大褂的科研人员。"你已经进入了最内层防卫,如果你碰那面墙,探针会直接销毁你的大脑。"

最高执政官这才发现贴在墙上的大幅警告。防爆玻璃内果然有多支机械臂在待命。

"平时这些机械臂用来把通过审核的受精卵注入孕育囊,紧急时刻它们也能发挥别的作用。"

执政官往后退了两步,转身跟科学家握手,"你就是要见我的人?"

科学家严肃地点点头,"你要亲自看看。"

最高执政官随科学家走进一扇小门,一段铁楼梯旋转向下。这里炎热潮湿很多,除了一盏防爆灯在头顶越来越远,大部分的光都来自地下的暗红色,被蒸腾的雾气散射。身上的毛发也感到湿重,她知道这就是群脑的底层空间,哪怕在视频资料中她也不曾见过。

底层空间是一个有小城市那么大的地下空洞,这里聚集了一个小小的生态系统。热海亘古不息地提供能量。地下水系汇聚渗透。岩层里蕴含着丰富的铁离子和氢离子,作为能量传递的中间跳板。上亿年的微生物活动积累了营养土层,渐渐变成肥沃的富养沼泽。群脑的根系从岩层上面吊下来,扎根在富养沼泽里。

一行人走过沼泽上的栈道。根系森林里飞舞着虫子,地雀在林间鸣叫,爬行动物从沼泽里浮出头来又躲下去。一切富有生机又宁静安详。如果有时间,最高执政官很愿意在这里待上一整天什么也不做,待上一辈子也不错。

"既令人激动又让人平静，是吧？"科学家对发愣的最高执政官说，"我第一次看到这里也是这样。"

继续走过一片热岩滩，栈道消失了，一所白房子搭建在岩滩尽头。

"这所地热监测站比群脑掩体都还要古老。"科学家说，"我们靠它积累了一百二十年的数据。"他走过房子，继续朝热海边走去。

最高执政官想叫住他，但还是没有开口。科学家走过的岩浆壳坚硬结实，最高执政官也跟了过去。

"三十七步。"科学家停下来，"最开始，岩浆离监测站只有十步。"

"从什么时候开始的？"最高执政官问。

"一直在退缩，一直在加速。近几年加速得越来越快。这个变星年测到的地热温度下降是前所未有的。按照这个速度……"科学家把脸转向一边，"二十到三十年后温度就会降到不能维持我们思考的程度，地下生态系统也会凋亡。"

不远处的岩浆涌动着，溅起小小的黏稠的岩浆团。热海承载着星球上两千万人的生命脉动，最高执政官从来没有想过它会变得这样吃力。她看着红热的海平面在穹顶的另一头延伸入地下。

"你能做什么？"

"最高执政官，地核正在冷却，我们的星球正在冷却。"

最高执政官叹了口气,"我知道,这不是你能做的。这是我该做的……"

他们往回走。登上楼梯的时候,最高执政官忽然回过头来说:"我们的种族有多久没有冒过险了?"

科学家的眼眶潮红,像热海一样红热。他只是点点头,没有多说什么。最高执政官看到他的胸口别着一枚奇怪的裂成两半的铜制徽章。

生死决斗

全球危机紧急特别会议。

能容纳两千人的阶梯会议席由四面向中间下沉,仿佛在建造之初就预示了今天的危机。会议席此时只坐了不到一百人,全是星球各个最高部门的部长。坐在下沉大厅最中心的是星球最高执政官,她笼罩在一束顶光里,显得遥远而孤独。

"核热站装机运行了,一切顺利。"说话的人有些底气不足。

灾难应对委员会是最新的部门,主席也是新的领导人。他的上一任刚刚在核热机组调试的事故中丧生。还好那只是一次蒸汽锅炉爆炸,没有发生核泄漏。

最高检察长面有怒色地说:"很遗憾,我没能把你的上一任送进黑牢。我希望在座的各位都不要变成我族类的罪人。"

检察长的话引起了前任主席同僚的抗议,席上发生了小小的争吵。"你能思维敏捷地站在这里,是因为前任主席的牺牲!"有人说。

最高执政官嘶了两声,压下众人的声音。从推行这项计划之初,她就深深地知道他们面临的阻力。他们的文明已经在安稳中度过了四千多个变星年。现在要在全族类最敏感的群脑旁建核热站,光是产生的恐慌就有可能摧毁他们的社会,更别说技术障碍和工程难度。

最高执政官对众人说:"如果我们不冒这个险,全族类将在不到三十年内走向灭亡。我们冒这个险,全族类有可能提前灭亡,但拼出了一线生机。我们的祖先就是这样不断在岩层中拼出生机。我们不会安详地死去,这不会是我们冒的最后一次险。"她的目光划过众人,停在一个角落,"科技部部长,你来说几句吧。"

最高执政官曾经在群脑中心见过的那位科学家已经披上了银丝,他一直在等着。他显得颇为紧张,接话说道:"诸位,眼下我们只是获得了一点喘息的时间。我们的星球是一颗无外源能量的星球,如果地核冷却,全球的核原料储量也维持不了多久。留给我们的时间可能是五十年,可能是六十年,不会超过一百年。论证组曾经提出过很多设想，包括派出无人飞船去别的星系采集能源，或者建造行星级推进器让星球漂向一个恒星系。但这些方案都不可能，需要的技术或能源远远超过我们能够承受的范围。诚实地说，我们没有必然可行的方案，只有争取可能的方案。我们唯一能赌上一把的方向，"科技部部长攒了口气，"是用载人飞船飞向外太空。"

会场里面一阵喧哗。这无异于自杀。

工业部部长大笑起来，"全体移民？带上二点八万吨重的群脑和两千万人进行星际旅行？就算我们能放弃大部分人，就算勉强能够飞起来，维生系统、供热、燃料……"

"只有一队人的身体去，工业部部长阁下。"科技部部长回答。

现场安静了下来。工业部部长终于确认了这句话，问道："他们走不了多远，这有什么意义？"

"在我们的历史上，曾经存在过这样一种探索方式，一群自称'决命者'的人，结队走向世界的边缘，直到剩下最后一个人带回远方的消息。决命者是与命运决斗的人，他们告别安稳的过去，赌上生命去换取一线新的自由。这种多备份的、孤注一掷的群体探索方式大大增加了我们能走出去的距离，在一段历史时期快速拓展了我们种族对世界的认知。"

众人面面相觑，互相打听这个奇怪的称呼，然后又纷纷摇头。

"你想要干什么?"工业部部长质问,"你会受到审判!"

"决命者的传说没有被证实。"文化部部长发话道,"我们只有两千万人,每一个人都很宝贵。你说的这种情况在古代可能存在,在现在,有什么值得我们去赌上生命吗?"

"'天庭的阶梯'恒星系。"科技部部长挥一挥手。

会场的屏幕上出现了一颗蓝色星球,视野放大,显示出整个星系的示意图,八条轨道和一些小行星带围绕着一颗明亮的恒星。

工业部部长说:"我知道那个恒星系,也知道它会临近我们,但是以我们的技术仍然到达不了,你的送死方案也不可能。"

"是的,但我们现在说的是与命运的决斗,我们不需要到达。"科技部部长扫了一眼会场,"在我们的技术条件下派出一艘能航行得尽可能远,能应对复杂情况的飞船。我们只要期望在路上遇到那个星系的远航者。"

一个向还不存在的文明求援的计划。

会场又一次安静下来,安静中带着怀疑和冷嘲,只有最高执政官还在向科技部部长投以支持的目光。

工业部部长替众人问道:"你怎么知道那个星系会存在如此发达且善意的文明?毕竟我们在宇宙中从来没有发现过别的生命。"

科技部部长顿了顿,说道:"说起来也许可笑,因为我们别无选择。这个方案的成功概率是我们所有的可选方案中最大的。我们搜集的信息表明,那是一个近乎完美的恒星系。恒星恰到好处的质量能够维持一条稳定的宜居带,它的宜居带里恰好存在着一颗行星,拥有化学活动最丰富的液态水环境。那里有希望存在生命,甚至是文明。恒星处在中年主序星阶段,能提供稳定的能量来源和丰富的地质能源储量。如此优渥的环境,那里的文明有可能具有高度发达的技术水平,以及很高的文明程度。"

他就像在讲述一群天神,会场寂静无声。"恒星系拥有八颗中等大小以上的行星,与恒星距离形成梯度序列,也就是我们所称的'天庭的阶梯'。触手可及的新世界就像我们祖先头顶上的地表一样激励着他们。如果那里的文明足够发达,几乎必然会利用这条太空之路发展成扩张型文明。也就有那么一线希望,我们可以与他们的远航者相遇,有机会获得帮助。我们走得越远,他们走得越远,相遇的可能性就越大。这些可能性组合起来,也只是宇宙中的一个极小概率,但我们的先辈就是这样走过来的,告别温柔的热乡,把生命换算成距离,抓住一个个极小的概率。我们已经忘了这点。"

工业部部长表情凝重,谨慎思考后,又问了三个问题:"在一个我们这样的孤星系统里,没有其他天体借力能走多远?怎么解决信号和延迟问题?我们的航天员能存活的预期距离是多远?"

"他们会用一生去回答这几个问题,也可能他们最终都无法回答。这,就是那一队勇敢者要承担的风险。"科技部部长的声音黯淡下来。

最高执政官说道:"宇宙从来就不是温暖的热乡。未来五十到七十年,目标恒星系处于相对我们最近的距离上。那是决定我们文明生存的窗口时间,我们需要更早地做好准备。"

这就像把整个文明的希望寄托在一个走钢丝过悬崖的人身上。他们现在要做的,就是尽力帮这个冒险者照亮前方。

决议获得了通过。最高执政官站在下沉大厅的中心宣布:"为了我们的后代能见到光和热,我们将像前辈那样进入黑暗里前行。"

会议大厅的灯光暗下来。

工业部部长走在散去的人群中。他的心中压着更多的重量。由于核燃料被调集去核热站,全球的能源已经很吃紧,一些制造业停顿了,他们的经济面临衰退甚至崩溃的危险。如何在逆行的电梯上前进,即使他的老师也没有教过他。但是他没有再发问,只是默默混入人群中。他渴望走到大街上,混入街上的人群,成为这个星球上普通人的一员。

他看到科技部部长走在斜前方,于是走上去,问了一个压在心中很久的问题:"为什么宇宙对我们这么不公平?"

科技部部长停下,转过身,想了片刻,真诚地回答道:"也许是为了让我们学会告别和上路。"

走向你

一对老人在一架巨大的半球形天线下坐下，放下营地灯，开始摊开野餐布。他们的动作慢得像在太空中展开一张氢原子捕捉网。他们缓慢而默契地配合着。终于，野餐布铺好了，老人又用机械臂一样细瘦的手从背包中拿出一件件野营用品，精确地摆在野餐布上。

没有人来打扰他们。天线周围只有几个工作人员在巡视，时不时仰头检查一下。工作人员只知道这是一对被允许待在这里的老人。

距离危机会议已经过去了三十多年，没有人认识这对瘦小的老人。这次政府邀请他们去发射场观看，他们没有去，而是来到了这个他们曾经和小女儿野营过的地方。

各单位就位的警戒声响起来，外面的几个人匆匆跑回建筑里。现在这块空间只属于两个老人了。

静谧海发射场。

三盏探照灯射向"飞渡号"的庞大箭体。这是这颗星球有史以来最大的载人飞船和运载火箭,它的高度超过了发射场的其他所有塔架,甚至傲视着远方的山峰。由于过于庞大,它是在地井中垂直组装好再升上来的。围绕它的制造,运输线上形成了两座中型城市。发射场外很远的距离开辟了安全区,围观的人群使发射场沐浴在犹如半个世纪前的节日般的光亮中。记者,摄像机,乘着轮椅来的老人,驱车高歌而来的年轻人,宗教的教徒,荒野上惊疑不定的奔跑兽,所有能够观看的主体都把目光投向那个指向天空的硕大箭头。

警戒声响起,地面上安静下来。片刻后,投射在箭体上的激光倒计时开始倒数:10,9,8,7……倒计时结束的时候,一团刺眼的光亮震撼了大地。

十年前,一颗小行星被观测到将要掠过星球附近,这是千年一遇的机会。"飞渡号"被赶工制造出来,它将借助小行星的引力弹弓加速,飞向"天庭的阶梯"恒星系。这是一次没有返程的任务。以星球上的科技水平,要将飞船在一代人的时间里加速到足够的速度,只有一个简单粗暴的办法——核爆炸推进火箭。

火箭尾部释放出的小型核弹在地下井里爆炸,把火箭推上空中。地下井在承受爆炸后坍塌,它只为这一次发射存在。地下井周围是一圈缓冲池,热空气和汽化的缓冲液从四个导流槽中喷出地面。地面的温度迅速升高。缓冲液的汽团在半空的高度重新凝结成白色的水雾,追着火箭膨胀过去,再次被新抛出的核弹汽化，像不断绽放的红白交错的熔岩花朵。带有辐射吸收剂的冷凝汽团最终会形成一堵减辐射墙，缓缓下落。此刻，火箭的速度要远远快于水汽，它的尾部展开一个推进盘，以承接被定向核弹的冲击波加速的淡蓝色等离子浆。小型核弹不断被抛出，爆炸，天空被震裂。庞然大物冲上苍穹。轰隆隆的声音滚过平原，就像火山喷发。爆炸的闪光一次次把大地点亮。

奢侈的光和热倾泻出来。人们想象着，沐浴在恒星的光芒下大概也是这般景象。观看的人群里有人哭起来。唱歌的年轻人们跳上车顶，伴着核闪光起舞，隆隆的声波滚过他们头顶。往后艰难平淡的日子里他们会无数次回想起此夜。一块空地上，数千名教徒匍匐在地，念诵祈祷，蓝色的罩袍如热海的海浪一样在气浪中猎猎作响。他们是三十年前成立的宗教，不为信仰，只为祈祷"天庭的阶梯"恒星系里可能存在的文明繁荣昌盛。

在尘世的众生上面，核弹的闪光像一道天梯攀上夜空。

曾经的科技部部长握住老伴的手，他们一起望向头顶上的星星。他们曾经和小女儿一起坐在这里望向大天线所指的天区。现在那里能隐约看到一串闪烁的移动的亮点。那是"飞渡号"，他们的女儿就在上面。这架天线和女儿的飞船保持着通信连接，女儿和另外六个人的意识信号从脚底发出，经由这里投射向茫茫宇宙。对两个老人来说，这里就是离女儿最近的地方。

对于他们的文明来说,"远方"永远是带着恐惧的。他们曾经想教给小女儿面对这个恐惧的勇气,没想到女儿走得更远。

他们的家庭爆发过争吵,老科技部部长毫不掩饰地承认自己的自私。

女儿在空间站上发来的信说:"爸爸妈妈你们知道吗?这几年我在空间站上看到的地面灯光,已经比十年前的照片稀疏了很多,跟你们年轻时更是没法比。我看着我们的文明渐渐沉入黑暗。今天我再次看到自己的眼泪飘在空中,就像宇宙中的星星,我能摸到它们。爸爸妈妈我决定了,我要去抓住那一线希望。请你们在地上为我抓住最后的灯光。"

从那次起,女儿的坚强就远远超过了一切阻拦。她终于航向了远方。

老人摩挲着一枚和女儿一样的徽章,流下一滴眼泪。眼泪在脸颊划过一条轨迹,很快被夜空中的寒气冻结在毛尖上。他吸了一口寒气,吐出白雾,夜空中的星星也仿佛闪烁起来。

老伴把头靠在他的肩上,"还记得那首诗吗?"

当然,那首古代吟游诗人流传于今的诗,流淌在文明的血脉中,照耀过决命者的热血,也静静地见证过两个老人的爱情。他从来不敢把那首诗赠给女儿。女儿现在也变成了那个吟游诗人。他轻轻地,对着老伴,也向着他们远去的女儿,念起来:

我制作一把舵，

它可以去往远方，

也可以返回家乡。

沙暴是那么危险。

我用它掉头，回到所有人身旁。

我猎获一只龙角，

它可以劈斩荆棘，

也可以被人颂扬。

荒野是那么危险。

我带着它掉头，回到英雄的故乡。

我远远看到了你，

你可以点燃一切，

也可以熄灭光芒。

你是那么危险。

我砍断了舵，烧掉龙角。

一切都已无法挽回。

我告别自己，

走向你。

抬头看去，那个亮点已经隐入群星间了。

走入群星的人

"飞渡号"上载着七名船员。这不是一艘星际飞船,它最近也只能到达距离目标星系三分之二的距离,之后就会交错远离,生命维持系统的运行寿命会更短。"飞渡号"利用小行星的引力弹弓曲线加速后,再次释放小型核弹直线加速,带着星球上十分之一的能源彻底飞向深空。在地面上看去,远去的航迹就像一根嵌入群星间的钢丝。

走钢丝的人走入了群星间。

原之息看着家园远离,这次是永别,她和其他人一起哭了。飞船调整姿态后,母星就被大天线挡住了。飞船尾部是一架直径比飞船还长的天线,进入深空轨道后就完全铺展开来。飞船头部还有一架大天线,用于跟可能存在的文明联络,它将在飞船加速到最大速度后展开。

数千年来用于纪年的变星伴随在船舷一侧。对于这队远行者来说,每走出一步都在创造历史。距离是最大的财富,也是最大的敌人。原之息在延迟箱里训练过上百天,那种撕裂和呕吐的感觉至今还像噩梦缠绕着她，而他们将要面对的是几十年的长延迟生活。没有人清楚延迟一直大下去会发生什么，也没有人能估计意识信号能维持多远。这对于船上的人来说是漫长的等待，对于星球上的人来说更漫长。

群脑中心来了个怪老人，他被上级介绍来当一个义务维护员。技术岗位都用不上他，他还愿意干一些打杂的活儿。后来中心的人都习惯了有一个老人每天拖着拖把闲逛，反复擦着本来干净无尘的地面。他们都不会派活儿给他，见了他会说干得真好。有时，人们看见老人徘徊在下层空间的树林中，救治生病的小动物。有时他会捡起海滩上的石子，扔进热海里化掉。更多的时间里他面对着群脑出神，眼睛里像有东西涌动。人们没有多在意，因为群脑的维护工作越来越难了。

飞船达到了最大速度，船头的天线展开了，这时，飞船的外观看起来像两个对接的漏斗。前置天线每隔一天会发射一次接触信号，原之息和一个小伙子组成二人小组负责轮班监听。

有一天她想告诉母亲自己可能恋爱了，这个念头很快消失在邈远的信号中。为了保证基本安全，每一个动作都要反馈确认后才能进行下一个，可行动的时间称为指令窗口，每一个指令窗口的动作都要精确规划。他们只有动作传达到的那一刻是有生气的人，其他时候都是静止的雕像，从数小时，到数天，再到十几天。前一刻的悸动冷却为下一刻的冷静,还有被死亡笼罩的永恒悲伤,那种情愫随即消失了。

在无人的时候,她才会拿出那枚黄铜徽章,利用短暂的指令窗口时间,分开,又合上。父亲接受了她的选择后,痛哭了一天,而后含着泪把这枚徽章交给她。在一旁见证的还有十六位决命者成员。那时她才知道,这群人真的存在,他们潜伏在文明的血脉中,跨越了千年,把温度传递到她的身上。

只要还有一人活着,决命者就活着。

对母星的思念总不会飘散。对父母的感情,对朋友的惦念,对儿时玩闹过的公园的记忆,都融入了那颗星球。现在加上了对决命者同伴的责任。那颗星球在暗的彼方,早已不可见。等待指令的时间里她望着那片星空,想着自己的源头躺在母星的怀抱里,把自己的身和心送往宇宙深处;想着自己在黑暗的异乡,遥望着故乡的自己。两个撕裂的自己对望着。

啊,她意识到,自己就这样告别了自己。

飞船在途中朝后方抛下一个中继站,在前路上还将抛下两个。多亏科研人员多年的技术攻关,信号质量维持得很好,但是延迟带来的问题渐渐显现。脑身撕裂的痛苦伴随着每一个人。由于延迟障碍导致运动缺乏,船员饱受骨质疏松、肌肉萎缩的困扰,关节刺痛难忍。

飞船上的所有操作界面都是按照高延迟容错性设计的,但宇宙不是。出舱维修的人因关节问题造成的误判进入了高速旋转，在下一个操作到达之前船员的身体接收了太多感官过载，导致大脑掉线。原之息眼睁睁地看着喜欢过的小伙子缠绕着安全绳撞断了脖子。一年后，又有人因延迟症去世。

死去的同伴被发往群星间。没有黄铜徽章留在他们身上，但原之息明白他们和自己是一样的人。

船员们重新编排好岗位分工，继续向前驶去。

地底下的人不能做什么，只能看着船员的脑电波陷入混沌，大脑逐渐萎缩。"他归于大潮了。"这时就会有人说道。众人低头抽泣。

每当有噩耗传来，群脑中心的那个怪老人就紧张地打听是哪个船员。

地上的老人毛发渐稀，天上的年轻人身体日衰。三个中继站都已经抛出，从此信号强度只减不增，每迈出一步都是向死亡又靠近了一步。

在一场陨石雨撞击中，飞船的前置天线被砸坏。身体机能老化加上高延迟，以及信号杂音时不时带来的感官模糊，船员们已经没有能力出舱维修。

不能在宇宙中发出呼喊，航行下去还有意义吗？这一次命运占了上风。原之息站在舰桥上，看到同伴在星星投下的影子里苦笑。每个人背后的膜翼都张得大大的，像在岸上喘气的岩鱼的嘴。雪花点在视野里蔓延开又收缩往复,快要连同伴也看不清了。在等待下一个指令的时间里,苦笑在他们的脸上游移,同星光一样久远。

原之息站出来,用一个指令窗口说服了同伴,用下一个指令窗口布置了应对方案。在下几个指令窗口,他们计算出了所有需要的数据。任务被分割成上百块实施。船员们利用船上的机械改造船里的配重,然后把姿态发动机的喷口调整到一个诡异的方向,利用剩余的一点燃料施加一个推力。船体看似无序地转动起来,意识信号时有时无。继续调整船内的配重,每一步都精确计算了行动和船体姿态的对准时间,不能有一个动作失误。

他们成功了。飞船以首尾为两端、重心为中心徐徐旋转起来,使得尾端天线交替地朝向前后,轮流承担两架天线的功能。船员们破例使用了一个指令窗口紧紧拥抱在一起,倒在地上,直到下一个指令窗口才分开。

旋转不是很优雅美观,至少飞船还能继续向前。旋转也不会让人很舒适,船员们只有努力去适应。比延迟更令人害怕的信号中断,从此伴随着他们。指令窗口间隔更长了,飞船上的人造重力方向发生了改变,船员们的日常活动比以前更危险重重。

每当天线转向前方,船员就会集体陷入"沉睡"。这期间他们的大脑失去了一切感官,意识飘浮在混沌的黑暗深渊之上，无法真正入睡。古代的决命者在岩层中和命运搏斗时就经历过长长短短或是永远的掉线。由于天线只剩下一组计算处理单元，如果计算机识别到可疑信号需要进一步分析，下一个指令窗口就会自动取消，"沉睡"的时间还会延长。船员们不知道每一次"沉睡"面临的是希望还是故障。

船员从五个又减到四个，三个。剩下的人总会把死者体面地送向太空，念着"众灵与我们同在"。告别同伴的悲伤不会停留在脸上很久，它化入生命信号的底色，穿过群星。

只要还有一人活着，决命者就活着。

在一次掉线中，原之息在意识被卷走之前，想到了那位在黑暗中登上地面，第一次看见星空的祖先，又想到了同伴送她登上塔架的那个星光灿烂的午后，恍惚中前方出现了一颗蔚蓝色的星球，一闪就消失了。

这一次"沉睡"比往次都更长更长。船员们的身体斜靠在操作台旁，船舱里安静安详，如一个日常。星光洒在机器的金属边缘，电源发出微小的爆鸣。这艘精巧又残破的飞船以一种奇异的运动方式，在广阔无边的宇宙中奋力划出它的一点点距离。

在星球的地下，怪老人也靠着群脑的舱壁睡着了。拖把斜靠着他的肩膀，口水从他的嘴角流出，挂在稀疏的腮毛上。胸口的徽章被擦得锃亮。工作人员匆匆绕过他的身旁，去抢修老化故障的设备。

在老人的梦里,另一个文明带来了巨大的运输飞船。一座超引力加速站像阶梯从低轨道向外空间延伸,搭建起一条通往太空的路。星光也被扭曲出绚烂的光华。群脑包裹在恒温营养舱里,被巨大的升降平台托上地面,渐渐告别暗红色的热乡。在地面上,群脑第一次沐浴在星光中。星星在冷峻的山峰上燃烧,和护航舰队喷出的蓝色尾焰混在一起,铺满天边。移民的队伍从天边聚集,走向运输飞船将要降落的地方。老人已不存在于世上,但他透明的身体仍然行走着,穿过人群,跟着同胞一起,向那条隆隆落下的尾焰走去。两个被黑暗分隔的宇宙的孩子终于会合在一起。两个文明将航向一个拥有温暖恒星的星系。他们的一部分后代也许还会以从未有人想到过的方式成为星际种族,那已经是很久很久以后的事了……

IL GRAN CAVALLO

by

Martin L. Shoemaker

▽

达·芬奇的青铜马

[美] 马丁·L. 休梅克 著 / 熊月剑 译

马丁·L. 休梅克曾两次入围"未来作家奖"决赛。除了在《类比》杂志上发表过两篇作品，马丁还有作品收入《电子科幻选集》的第二辑、第四辑，以及《粗暴变奏》和《玻璃降落伞》科幻作品集。此外，他还出版过关于软件设计的图书和连载漫画。

Copyright© 2013 by Martin L. Shoemaker

【第一封信节选并改编自《列奥纳多·达·芬奇笔记》】

列奥纳多·达·芬奇致米兰公爵卢多维科·斯福尔扎的自荐信。1482年7月14日。

最英明的公爵阁下,在亲眼见识并反复考量了那些兵器发明大师的实验成果之后,我发现他们的发明与现有的一般工具并无不同。因此,我很有底气向阁下自荐本人在这方面的专长。

我能建造既轻盈又坚固,且便于移动的桥梁,用以跨越护城河;我也可以截断护城河,或者搭建浮桥,以及制作可伸缩的梯子这类器械;我还能够摧毁一切要塞,除非它们的地基建筑在岩石之上。我还可以制造一种轻便且易于运输的大炮,以及装备着火炮的装甲车,用以突破敌人最严密的阵列,从而为您的步兵打开一条安全的通道。

在无法使用加农炮时,我还可以提供多种投石机、石炮、回回炮,以及其他某些更有效的器械;如果发生海战,我还可以建造足以抵御最猛烈炮火的战舰。我甚至还可以建造最适合进攻或防守的战争装备。

在和平时期,我擅长建造各种公共和私人建筑,修建引水渠。在绘画方面,我是世上无与伦比的大师。我还可以用大理石、青铜或黏土进行雕塑。为您效劳期间,若经您委托,我还可以建造出无论在这个时代,抑或是任何时代里最伟大的雕塑:一匹青铜马——"大骏马"!它将为纪念您伟大的父亲和显赫的斯福尔扎家族带来不朽的光辉与永恒的荣耀。

列奥纳多·达·芬奇致"最亲切的赞助人"米兰公爵的信件，关于"希腊火"。1490年5月13日。

最慷慨的公爵阁下，我必须承认自己在"希腊火"的研制上进展缓慢。在研究了格伯学派、培根和马格努斯的成果之后，我得出了一个颇有前景的配方：一种刺鼻但高效的木炭混合物，包含了柳树、硝石、硫黄和沥青，再混合适量乳香、樟脑、大麻和其他一些成分。这种混合物非常易燃，即使在水下，它的火焰也能附着在木材上。

但是，我从一系列相当危险的实验中知晓，这种混合物几乎可以附着于任何人类所发明之物。它曾被认为是不切实际的武器，因为它更像是用来自焚而不是烧死敌人。无论是在弹弩还是坩埚中，任何将它施放给敌人的企图都是徒劳的。您还记得萨莱吗，我那个年轻任性的学徒？他在某次实验中被烧伤得很严重，因为我们来不及把这种物质从他的皮肤上刮下来。我想他会活下来，但我对他所遭受的痛苦感到深深的懊悔。虽说这孩子是小偷、骗子，而且顽固又贪婪，但他是一个好帮手。他在为我（以及为您）效力的过程中受了这样的伤，我将永远亏欠他。

所以我担心这种混合物也许对您没什么用处，如果那不勒斯国王阿方索二世像您猜测的那样狡诈的话。这种混合物唯独在一种物质的表面附着得不那么紧密，那就是青铜，特别是加热的青铜。也许我可以建造青铜投掷器来发射它,但是想起萨莱的遭遇,这并不容易操作。虽然危险总是无处不在,我仍将努力寻找这种易燃混合物的其他用法。至少现在它已被证明是为我在瓦尔齐的工作室供暖的最佳燃料。

另外,如果真的必须抵御阿方索的进攻,您也许更应该信赖军事联盟,而不是炼金术。大臣们说,查理八世仍然是阁下真挚的朋友。如果您需要盟军的话,他拥有一支强大的军队。

关于青铜雕塑,我提及"大骏马"的计划绝非吹牛拍马。如果另一位略为蹩脚的艺术家发誓要制作一尊二十四英尺[1]高的青铜马雕塑,那么他肯定是在夸大其词。但我是列奥纳多!我从不吹嘘,我会做的就是去定计划、做设计、画草图、搞研究。当我确信能够成功时,才会宣布自己要做什么。

噢,对于这件献给您杰出父亲的致敬之作,我目前尚未取得什么进展,但是我已经为此获取了足够的青铜。我在黏土模型上已经颇有进展,不过对于您所需的战争装备的研究和制作始终是我的首要任务。然而目前,我必须为您即将到来的婚礼设计花车和由发条装置驱动的娱乐设施。(我想您会对我新设计的发条装置感到满意,它们动起来就像有生命一样。)我知道这个项目给米兰的财政部带来了不小压力,但请放心,一旦我能空出时间来,就会好好利用储存的青铜。当您看到我的实际

---

[1] 1英尺约等于0.305米。

成果时,一定会惊讶于它甚至超越了我向您展示过的设计图。这座雕塑将比多纳泰罗[1]和韦罗基奥[2]的雕塑更高大,也比任何其他的雕塑都更逼真!

列奥纳多·达·芬奇致米兰公爵,"我最宽宏大量的赞助人"。1490年10月22日。

正如阁下要求的那样,我和我的学徒正在将我们的研究工作转移到您位于瓦尔齐的庄园里。我认为这是件好事,因为这样您的敌人就没有机会知晓我们的秘密了,而且城堡也是最适合制作青铜马雕塑的工作场所。

当然,这也可以避免两天前夜里发生的那种不幸的事故。我真切希望葡萄酒商乔瓦尼能够将那令人愉悦的酒窖重建得比之前还要好。我非常难过他失去了他的窖藏,因为他总是藏有最上等的葡萄酒。我也为自己在大火中的损失感到难过,尽管那微乎其微,不值一提。我仍然无法确定"希腊火"混合物是如何从我的工作室泄露出去、跨过街道、进入他的酒窖,然后被点燃的。

---

1. 多纳泰罗(1386—1466),文艺复兴时期意大利的雕塑家、画家,也是15世纪最杰出的雕塑家。其代表作《大卫》是第一件复兴了古代裸体雕像传统的青铜雕像作品,高159厘米。
2. 韦罗基奥(1435—1488),著名画家和雕塑家,达·芬奇和波提切利等著名画家都是他的学生。

至于乔瓦尼暗示这是萨莱为了偷他的酒而声东击西、故意纵火,我觉得是不可信的。这小伙子在烧伤事故之后,就对"希腊火"相当恐惧。不过,如果还有什么事让他敢于放火,那一定是乔瓦尼最好的窖藏。我必须留点儿心,如果看见他那里有酒商的任何货品,一定将其没收。当然,这是为他好。

列奥纳多·达·芬奇致"最幸运的新郎"米兰公爵,关于这段最快乐的日子。1491年1月8日。

公爵阁下,我必须向您致歉,在这个您最幸福的日子里,我无法出席,见证婚礼的最终细节。请相信我对萨莱抱有极大的信心,他一定能严格执行我的计划。(但是在他完工时,请清点银子的数量!如果有什么遗失,我向您保证:我一定会从他那里拿回来,不管他藏得多隐蔽。)只要您提醒他别忘了给发条装置上发条,那么您的婚礼游行一定会让观礼者欣赏到最为精妙的装置。

我知道,在一般情况下,我缺席您的婚礼是相当过分的失礼行为,甚至会割裂我们的关系。但是请理解我正在完成我的使命,而其目的只有一个:创造出足以令您满意的致敬斯福尔扎家族的作品!昨晚,我正在仔细研究阿维森纳[1]和贾比尔[2]

---

1. 阿维森纳(980—1037),中亚哲学家、自然科学家、医学家,著有《哲学科学大全》。
2. 贾比尔(607—697),现代化学之父。

的作品，突然间，我被天父的启示警醒！此前我一直没有领悟到，其实我已经拥有了所有的碎片，足以创造出超越我们一切想象的作品。当我成功时，您的盛名将永远在历史中回响。

所以我搬到了南部山区，也就是您在瓦尔齐远郊的一处产业。在那里，我开始了一项危险而神秘的事业，将我新发现的知识运用到"大骏马"的建造上。如果我没出什么差错，如果您还愿意继续为我提供慷慨赞助，那么，我希望您和美丽的公爵夫人比阿特丽斯在婚礼庆典结束后，能来我这儿参观，我将向您展示的成果绝对值得一看，而且我认为这也会取悦公爵夫人。

列奥纳多·达·芬奇致米兰公爵及"世上最美丽的佳人"公爵夫人比阿特丽斯。1491 年 1 月 29 日。

公爵与公爵夫人，再次感谢您二位的溢美之词。我能做到这些都是因为有您二位的关照，一切都离不开您二位的支持。

比阿特丽斯公爵夫人，您对我的尊重超越了言语，您是最有洞察力的：巨型马头确实是由与您婚礼游行上的发条天使相同的装置所驱动的。请相信，让马头动起来只是一个开始。

卢多维科公爵，我已经将您的命令铭记于心。虽然"大骏马"将会是我最伟大的发明，但我已经采取了相应的措施，让世人无从知晓其秘密。瓦尔齐城堡是非常私密的工作场所，我已经竭力抹除了人们可能看到的所有工作记录。我改写了日志,并篡改了我的"希腊火"配方,所以任何有机会看到配方的人只会制造出一种可燃的黏性泥土,而不是能够驱动青铜马的超高温燃料。而且我还删除了所有提及我的发条装置的记录,只留下关于我用来浇铸的黏土模型的部分。对于世人而言,那就是"大骏马",而我试图铸造一匹巨型青铜马雕塑的计划已经失败。确实,米开朗琪罗那个高谈阔论的傻瓜已经在四处诽谤,说我永远不可能完成这件作品。就让他说去吧!当一切准备就绪,世人将会因我的天才和您的权力而颤抖。在我很久之前的自荐信中,曾承诺为您制造"最适合进攻或防守的战争装备"。有了"大骏马",我将让世人看到前所未见的最伟大的战争装备。

列奥纳多·达·芬奇致"最仁慈的赞助人"米兰公爵。1492年8月3日。

由于阁下敦促我在"大骏马"的问题上务必保密,我今后将用镜像文字给您写信,这是我的一个小技巧。当萨莱送出这封信时,他还会一同送上一面精美的银镜,这是我为比阿特丽斯公爵夫人制作的。当她不使用它来欣赏自己无与伦比的美貌时,您便可以用它来阅读我从瓦尔齐城堡发出的报告。(如果萨莱没有送上镜子,您一定要严刑拷打他,直到他说出镜子的下落。但我恳请不要打得太重,因为我现在已经相当喜欢这个小伙子了,尽管他有时会偷东西。)

我不得不匆匆结束这封信,因为我对"大骏马"内部的发条装置还有许多需要研究的地方。您也许认为,我作为设计师,一定能搞清楚所有在青铜外壳内的运动装置,但我没有造物主般无所不知的眼睛,所以无法看见所有部件的连接方式。还有很多细节需要落实,但我想让您知道:今天,青铜马第一次在庭院里走起来了!

列奥纳多·达·芬奇致"最伟大的艺术之友"米兰公爵。1493年5月15日。

再次请求阁下原谅我这封信的简短。时间无情地流逝,而我的任务变得愈发繁重。所以我就直切重点:那匹"野兽"今天已经在庭院里昂首奔腾了!

是的,我把我的造物称为"野兽"。没错,这是一个结合了发条装置和"希腊火"的机械装置。就像传说中的特洛伊木马一样,它的腹部有一个舱口,我可以爬进这个舱口来调整齿轮、线缆和弹簧,维护甚至改善整个机械装置。我不会自欺欺人地认为这是我最伟大的发条装置,但它奔跑起来就像一匹野兽!事实上,它看起来就像游行中您父亲的其中一匹骏马一样……只不过它的高度是人的五倍。如果我不是您卑微的仆人,我可能会为自己的成就感到无比骄傲,因为它的动作是如此接近真正的马。

但与其他野兽不同的是,这匹青铜马在奔跑时会发出雷鸣般的声响，整个城堡就像遭遇地震一样随之颤抖。如果查理八世的军队无法威慑狡诈的阿方索，那么这匹最伟大的战兽定会将恐惧注入他的坏心肠中，并像马匹驱散落叶一样击溃他的军队。

列奥纳多·达·芬奇致"最具理解心的灵魂"米兰公爵。1493年12月17日。

公爵阁下，我非常谨慎地写下这封信。我不希望以任何方式暗示我质疑您的智慧。毕竟，您是赞助人，而我只是您卑微的发明家。

但是我忍不住要问：您真的认为一匹二十四英尺高的青铜马需要为了恐吓您的敌人而喷火吗？

我并非仅仅出于某种疯狂的念头提出这个问题来扫您的兴。恰恰相反，我必须告诉您：这将是一项非常艰巨的任务。

但是，如果这是您的意愿，我也只能加倍勤奋地投入到这项任务中。

列奥纳多·达·芬奇致"最具宽仁心的灵魂"米兰公爵。1493年12月21日。

最尊敬的公爵，请相信，我不希望终结您的赞助！再次声明，我没有质疑您的命令，只是试图正确理解它们，以便可以恰当地执行。我只是一个发明家而非外交官，恐怕我的言辞表达不佳。如果您想让"大骏马"喷火，那么我会想办法实现，即便现在还不知道会采用一种什么样的方法。我将重新研究格罗斯泰斯特[1]和炼金术士索西莫斯[2]的作品。也许他们和仁慈的上帝将引导我实现您的愿望。

列奥纳多·达·芬奇致"拥有最非凡图书馆"的米兰公爵。1494年2月11日。

公爵阁下，您从图书馆中为我提供的书籍给了我很大的帮助。萨莱把它们都带回来了，只是少了两本。不过，我用鞭子让他知道我的不悦后，他就拿出了那两本——还没来得及卖掉。

我研究这些书籍之后，得出了一个配方，既能增加"希腊火"的流动性，又不会降低其效力。我借助一种极其巧妙的旋转叶片，让这种泥土燃烧形成的雾气飞散开来，这雾气比空气还轻，只不过带着一股连魔鬼都会厌恶的硫黄恶臭。

这些古老的配方已被大多数人遗忘，而知道的人则根本不相信。它有两个奇怪的副作用。第一个副作用恐怕会导致不少花费：新的混合物是一种"饥饿"的火。我找不到更好的词来形容它，因为必须持续地给它"喂食"。我已经重新设计

---

1. 罗伯特·格罗斯泰斯特（1175—1253），中世纪英格兰神学家、哲学家，曾任牛津大学校长，最早提出了光学变焦装置的应用。
2. 索西莫斯，生卒不详，公元300年左右，创作了一系列已知最早的炼金著作。

了"野兽"的内部发条,以确保火焰持续燃烧。即使进行了重新设计,您还是必须指派两个人在每次出发后为野兽添加燃料。萨莱每天晚上都为了收集青铜马的燃料而疲惫不堪地瘫倒在地。这非常不切实际,所以我正在进行修改,以便减少维护"大骏马"所要付出的劳力。但燃料本身也是一笔不小的开销。

然而,另外一个意想不到的后果也许会让您感到高兴。这个新配方会产生一种非常奇特的废料(为了制造娱乐效果,我将废料的排出方式设计得跟真正的马匹排出粪便一模一样)。虽然这种"希腊火"是以各种油脂和植物为原料,但是,那堆炼金术"大乱炖"产生的废料却是一种特殊的青铜合金。

我知道这非常难以置信。我建议阁下亲自来看看。这种青铜合金可以在许多方面为米兰服务,特别是以下这一方面:我模仿了真实的马匹的生活模式,让废料从冷却的管道排出,形状与马匹的粪便完全一致——近乎完美的球体。也就是说,这种奇迹般的设计能让您的伟大战兽排出青铜炮弹。

阿方索根本不知道会被什么东西击中!

列奥纳多·达·芬奇致最具洞见的米兰公爵。1494年2月27日。

公爵阁下,感谢您与非凡的公爵夫人比阿特丽斯的来访。您的赞美本来已是对我工作的最高奖赏,而公爵夫人看到慢跑中的"大骏马"时的喜悦,则是对我的更高奖励。至于她的担忧,请让她放心,这件作品完全在我的掌控之下。我已经插入了一个巧妙的锁定机制,虽然看起来只不过是发条装置中的一片齿轮,但有了它,我一个人就可以操纵这匹青铜马。

让我深感惆怅的是,事实证明,阁下的担忧是正确的:野兽的排泄物太大而且不够规则,不适合做炮弹。我将努力重新设计青铜马的消化通道以产生更合适的弹丸。在我成功之前,您的铁匠必须得重铸这些金属块以更好地适应炮筒。

列奥纳多·达·芬奇致"最明智的领导者"米兰公爵。1494年9月8日。

公爵阁下,我已经解决了添加燃料的问题!解决方案显而易见却十分巧妙:我修改了青铜马的"嘴巴",这样它就可以为自己添加燃料。通过这个开口,它可以吃进谷物或草料,甚至灌木和树枝来供给其内部炉膛。另外一个好处是,这种方法让它的"排泄物"更加规则(请原谅我粗俗的玩笑),产生的青铜球体具有更可预测的尺寸和形状。我相信您对随信附上的炮弹会很满意。(如果萨莱没有交出炮弹,毫无疑问他已经把它们当掉了。如果是那样的话,我希望阁下能够记起这个男孩在大多数日子里都能很好地为您服务,只是不时会受到他那爱偷盗的旧毛病的诱惑。我建议您鞭打他,但如果您能让他保持足够健康的状态以协助我的工作,我将不胜感激。)

这种新的加料技术还产生了另一种效果。有时候，当我在夜晚抬头望着"大骏马"时，我发誓它似乎也透露着更多的渴望：仿佛古老的配方在它的内部点燃了一个炽热的灵魂。有时，那双眼睛虽然只是青铜圆盘，却似乎借助身体内部的热量而闪闪发光。

也许是我劳累过度了。这些异象在夜里困扰着我，让我疲惫不堪。虽然我知道这只是幻想，但我发现自己每晚都会再三检查，以确保那片黯淡的银质齿轮处在锁定位置，使青铜马固定不动，让我可以监督它的行为。

列奥纳多·达·芬奇致仁慈的米兰公爵。1494年9月20日。

阁下是正确的：虽然我不愿承认自己的软弱，但是为完成您的委任所进行的工作确实让我筋疲力尽。即使是这样愉快的任务，也会随着时间的累积令人身心俱疲。您建议我放假休养，这正是我所需要的。如果可以休息一周左右，我就可以重拾活力来解决问题。我将拜访热那亚附近的一位朋友。在我回来之前，萨莱和其他伙计可以维持城堡里工作的正常运转。

列奥纳多致卢多维奇公爵。1494年9月24日。

我没有时间客套，因为我必须立刻赶回瓦尔齐。我从一些旅行者那里听说，您不忠实的朋友，骗子查理，在驱逐阿方索的军队后并没有偃旗息鼓,而是转而围攻米兰!希望我的信使可以越过围攻线送出这封信,那么我的以下信息可能会让您感到安心:"大骏马"很快就会疾驰而来救援您!

列奥纳多·达·芬奇致"世上最美丽和善良的女士"米兰公爵夫人比阿特丽斯。1494年9月28日。

尊敬的公爵夫人,我怀着沉重的心情给您写这封信。我只能仰赖您善良的灵魂,恳求您向您的丈夫卢多维科公爵求情,让我可以继续——如果无法继续得到他的赞助——那么至少让我继续为他工作。此刻,那些背信弃义的法国人正在他脚下的山麓扎营,我确实让他失望了。

当我得知法国人的背叛后,便立刻赶回瓦尔齐,试图唤醒"大骏马"来制伏他们。一天晚上,当我离城堡只有几英里[1]远,几乎已经可以看到农田时,一场暴风雨似乎正在远方的山峰后面降临——虽然头顶的夜空十分晴朗,却有雷声在山谷中回荡,闪电在山峰后闪耀。

不一会儿,我听清了这种声响,那简直令我毛骨悚然:雷声带有某种节奏。更糟糕的是,这是一种熟悉的节奏,是那马车车轮般巨大的马蹄飞驰的声音!

我翻过山谷,爬上通往瓦尔齐的山坡,花了三个小时才爬

---

1. 1英里约等于1.609千米。

上山顶。在那段时间里，马蹄声和地狱般的火光忽远忽近，并无特定的模式。最终，它们消失了。

我对可能看到的景象竭力做好心理准备，但即使列奥纳多的头脑也无法想象这场灾难。"大骏马"在山谷中肆意奔跑，这还只是我面前最轻微的灾难。这匹马内部贪婪的火焰驱使它吃掉了田地里所有等待收割的农作物。而没有被这只野兽吃掉的部分，不是被它喷出的火焰点燃，就是被那些巨大的马蹄所践踏。

在我爬下去查看残局之前，一只手从黑暗中伸出，抓住了我的胳膊。"不，大师。"我认出这是当地一位农夫的声音，"不要靠近。魔鬼在夜晚游荡！"

我很难听明白他接下来说的话，因为恐惧几乎夺走了这个人的理智，但我已经猜到了其中的大部分内容。"大骏马"出于某种原因挣脱了束缚，糟蹋了整个山谷。农民们曾试图捍卫自己的田地。他们只看到一个巨大的身影，在靠得足够近之前，它的全身都隐藏在黑暗中，所以他们认为是某种熊或其他生物。当它开始践踏他们的小屋并点燃茅草屋顶后，他们才看清它那巨大的身形。然后，他们看到了那双发光的青铜眼睛，于是尖叫着逃离，任由这匹野兽践踏他们的田地。

作为学者以及这匹野兽的创造者，我有必要了解当晚发生的全部事情。所以我甩开那位农夫的手臂，走进了山谷。我不在乎自己的安全，只在乎知识。

夜色中，我以尽可能快的速度沿着通往城堡的道路前行。我不小心被石块绊倒，此时黎明还未来临。在星光的照耀下，我想移开障碍物，随后才逐渐意识到，这是瓦尔齐城堡支离破碎的城墙，被青铜马奔跑的马蹄踩得粉碎。

我坐在一块墙砖上，心如死灰。这匹野兽是如何脱离控制的？没有命令它怎么能动起来？萨莱或您的其他忠仆是否躲过了它的攻击？

就在那一刻，我突然更多地担心起自己的命运，顾不上为其他人操心。因为我听到一阵响亮刺耳的声音，闻到了野兽呼出的硫黄和大麻的酸臭味儿。我转过身来，"大骏马"的身影笼罩着我，那双青铜眸子闪烁着红光，向下怒视着我。

在那一刻，我，伟大的列奥纳多，感受到了对自己创造之物的恐惧，因为它完成了不可能的事情：它超越了我的设计。也许那些古代的炼金术士不仅仅可以将沥青变成青铜，他们还保守着一个更大的秘密：将火变成生命！因为我非常确定这匹野兽已变成某种奇特的新的生命形式。我是怎么知道的？我的答案是粗俗的，公爵夫人，在某种程度上，我通常不会与您这样高雅的人讨论这些。但请原谅，我现在必须坦诚相告。那匹野兽会进食、呼吸、走动、排泄。在学者眼中，它作为生命只差了一种有机功能，即繁殖。在那个黎明前，尽管我未曾赋予它这方面的功能，但是不知为何它竟然自己发展起来了。"大骏马"最终成了一匹真正的雄马。它已经为交配做好了准备。

这正是它想从我这里得到，而我却不敢给予的东西：一匹在燃料与身材上与之相同的母马。我可以从那双青铜眼中看到它的欲望和狡猾，但我无法就这样将一个新物种带到世界上，即使要以我的生命为代价。不过，我还不想付出生命，我希望只要自己对它还有用，它就暂时不会伤害我。所以我慢慢站起来往后退。当它准备要绕过来切断我的去路时，我便潜入废墟中寻求掩护。

接下来的两个小时是最为险象环生的猫鼠游戏。我躲在废墟中，而"大骏马"则试图将我冲撞出来。第一个小时里，它小心翼翼地让我不受伤害。但最终它对我的躲避变得不耐烦，开始踩碎障碍物。最后，我想它肯定已经完全被我激怒，忘记了对母马的渴望，唯一的目标就是惩罚我。所以它开始喷出熊熊烈焰。

我也希望自己是一个对抗怪兽的勇敢英雄，而不是躲躲藏藏几个小时的鼠胆之辈。但在那一刻，我至少是一个学者，比我所创造之物更加聪明。我意识到它在没有燃料的情况下是无法永远持续喷火的，而它已经消耗了几英里内的大部分燃料。所以我做出了生命中最勇敢的行为：我从废墟中走了出来，吸引野兽的注意，并等待它向自己喷火，与此同时再次躲进掩体。我一次又一次地重复这个过程，直到火焰终于变得越来越微弱。不一会儿，就只剩下一阵阵热气，没有必要再做躲闪。

我原本希望能诱使那匹野兽完全耗尽燃料，让它那巨大的身躯无法动弹，以便重新获得控制权。但它仍然保留着足够的恶魔般的狡猾来应付我。那双青铜眸子有些黯淡，但并未完全熄灭。它站在那里，直勾勾地瞪着我。我们就这样陷入了僵局。

最后，"大骏马"认输了，至少是承认了它在那一天的失败。它转身向山谷走去。当太阳升起时，我看到它慢慢爬上远处的山脊，然后消失在山的背面。我无法判断它去了哪里。从那时起，我便再也没有见到这件任性的作品。假如上帝仁慈待我，我将永远不会再见到它。我祈祷它在野地里发生故障，或者得不到足够的燃料继续前进。根据我的计算，后者是最可能发生的情况。可是到了晚上，"大骏马"就会再次出现在我的梦境中，它躲在山里等待着机会，要迫使我满足它的欲望。

虽然我活下来了，但很难说我赢得了战斗的胜利。曾经是公爵阁下的要塞之一的瓦尔齐城堡已不复存在。在即将到来的围攻中，本应为米兰提供给养的田地，如今已成废墟。我承诺公爵阁下的取之不尽的青铜炮弹已无处可寻，而他已将城中的大部分青铜投入了这项工程中。不仅仅是青铜，他的大部分财产都用于此，而这些本应花在瑞士雇佣兵身上。

因此，我将这封信交给一位信使，他发誓尽管战事日益激烈，他仍然有办法送出这封信。我祈祷您能够收到这封信，让我将自己的身家性命托付于您的仁慈。虽然我最后让公爵失望了，但这并不是因为我缺乏热情和技术。我把我所有的一切都投入到他交给我的使命之中,而且已经无比接近成功。我仍然希望能以某种方式为保卫米兰做出贡献。我将尽力前往我们心爱的城市。一路上,我会假扮成普通的农夫,希望我遇到的每一名士兵都会认为这只是一个骑驴的男人,而不是伟大的列奥纳多——在这个时代或其他任何时代里最优秀的战争工程师。

如果萨莱有幸还活着的话……如果他有机会回到城市,如果您在他身上找到一片小小的、光泽黯淡的银质齿轮……那么我恳求您对他用刑,但不要太严厉。毕竟,他是个好孩子。

HARK! LISTEN TO THE ANIMALS

by

Lisa Tang Liu and Ken Liu

▽

听！动物的声音！

[美]邓启怡　刘宇昆　著 / 金雪妮　译

邓启怡，美国职业摄影师和画家。

刘宇昆，美籍华裔科幻、奇幻作家，翻译家，邓启怡的丈夫。作品《手中纸，心中爱》获得2011年星云奖、2012年雨果奖，《物哀》获得2013年雨果奖，《折纸及其他故事》获得2017年轨迹奖。2015年、2016年，他翻译的英文版《三体》和《北京折叠》先后斩获雨果奖。首部长篇《蒲公英王朝》开创了科幻流派"丝绸朋克"，并获得2015年星云奖提名。国内已出版作品包括《爱的算法》《思维的形状》《杀敌算法》《奇点遗民》《蒲公英王朝》等。

《听！动物的声音》是邓启怡和刘宇昆首次合著的小说。

Original (First) Publication | Copyright© 2014 by Lisa Tang Liu and Ken Liu

发件人：玛格丽特·斯多克斯 <mwstokes@wecu.edu>
收件人：詹妮弗·莱尔
<thevoiceinthewild@humansanimalsrespectkindness.net>
时间：2022年8月10日下午7:51（星期三）
主题：重新取得联系

妮弗，你好。

托德消失了。我需要你的帮助。

我理解，你收到这封邮件时一定很尴尬，而我鼓起勇气给你写邮件的时候也很尴尬。在过去的二十年中，你我唯一的交集仅仅是在同学聚会的时候见几面罢了。其实我本来可以更有风度一些——毕竟最后是我嫁给了托德——但我在聚会上仍然选择了逃避。所以，我如今来恳求你，完全是咎由自取。

上周五，托德回到家中，脸上挂着我前所未见的兴奋表情，"我写完论文了。"他得意地向我举起手中的红酒和两只玻璃杯。

在过去的两年中，托德把所有的精力都献给了那篇论文。他在论文里详述了一种保护遗传多样性的激进新方法，不仅结合了第三世界国家对经济发展的迫切需求，也考虑到了生态圈未来所面临的必然毁灭。

"生物多样性的价值，实际上尽数体现在世界现存物种的基因组信息里。"托德总是说，"如果我们把重点放在基因组上，那么或许不必保留世界上的全部动植物，也能保证生物多样性。"

托德的提案是制造一艘数据化的挪亚方舟。通过电脑模拟地球的各种生态系统，捕捉现实中存在的各种生物的信息，转化为数据形式上传，将它们分散保存到相应的模拟生态系统中。这样，为了给迅速增长的人口提供空间，我们完全可以砍掉所有雨林，野鹦鹉和吵闹的猴子将为我们让路。然而，那些被伐尽的植物和无处容身的动物将在电子世界中永存。通过妥善保存它们的基因信息，我们可以继续利用这个数据库研制新药品或其他生物产品。

我明白，在你听来这个提案一定极为恐怖，但是，托德和我已经目睹了第三世界太多的贫苦。贫苦并不美丽，也并不值得歌颂。倘若人类的需求和地球上其他生物的需求发生了冲突，我们必须把人类的需求摆在第一位。（我并不想和你重复那些陈腐的价值观争论，说这些只是为了让你大致了解托德的工作，因为我觉得他的失踪和这项研究有关。）

那天晚餐后，我们在木屋外一起散步。阿拉斯加山脉附近气候宜人，史凯威[1]的夏夜总是那么美好。我们时不时会在野外步道的两侧见到露营地，还有满是鲑鱼的小溪。附近栖息的黑熊只要把爪子伸进溪水里，就可以轻而易举地捞起一大把鲑鱼。

---

1. 位于美国阿拉斯加州的一座城市，人口稀少。

突然间,前方出现了两头黑熊。这种情况很少见。黑熊极易受惊,会主动避开人类,这是公认的事实,而且当时我和托德搞出的动静足够大。但是,那两头黑熊直勾勾地盯着我们,毫无惧意。在它们的眼睛里,我看到了一种从未在动物眼中看到的东西:仇恨。

我和托德一步步后退,转身想要离开,可是又有另外两头黑熊站在我们身后,挡住了去路。它们眼中闪烁着如出一辙的、刻毒而具有智能的光。

黑熊向我们冲了过来。接下来发生的事情,我都不记得了。

我醒转的时候,黑熊和托德都不见了。地上干干净净,没有血迹也没有狼藉的内脏。不管我怎么解释,警察都认为托德是被那些熊……吞噬了。除了派一支猎人去捕杀野兽之外,我们束手无策。一位警官甚至暗示说,会发生这样的意外都怪我们自己不小心,好像我们是那种鲁莽闯入野外的登山者一样。但是我们生活的地方,以阿拉斯加州的标准来看,已经算是一座大型城镇了,一点都不荒蛮!

我相信托德还活着。其实我相信那几头熊带走了他。但是无论我怎样恳求警方进行搜救,那些人都置若罔闻。现在,我估计所有人都觉得我是疯子吧。

可是我依然记得,有一次我不小心点开了你的网站,看到了那些统计表格:熊罴伤人致死,恶犬攻击孩童,鸟群撞向飞机……这些动物与人类发生冲突的例子,其数量在近几年一直稳步攀升。我也还记得你曾经坚信动物要比人类想象得更加聪明。如果还有人会相信我的话,那一定是你。

我想到了那天从黑熊眼中看到的恨意。它们是不是谋划了这一切?

妮弗,我真的需要你的帮助。就算是为了那个我们曾经爱过且依然爱着(对,我看过那些秘密邮件)的男人吧。

玛姬

发件人:詹妮弗·莱尔
<thevoiceinthewild@humansanimalsrespectkindness.net>
收件人:玛格丽特·斯多克斯<mwstokes@wecu.edu>
时间:2022年8月11日 上午6:14(星期四)
主题:回复:重新取得联系

我的天。首先,在我们谈论正事之前,我必须得先解释清楚:我从来没把那些邮件当成"秘密"。你之前不知道这些邮件的存在,并不代表我和托德之间有什么不清不白的关系。况且,我仅仅说过一次我依然爱着他,那也已经是五年前了,我已经后悔这么说了。我给他写信,是为了劝他放弃那些危险的想法。

回到主题。我同意你的说法,我也觉得托德还活着,并且我坚信动物们有备而来。托德的消失恰恰契合我这段时间观测到的一切。

我不知道你是否关注和动物有关的新闻——就是那些当地新闻结束前用来耗时间的小视频。人们从来不关心动物新闻，因此也没有任何人能够把这些疑点串联成线。

过去几年以来，恶犬袭人的新闻数量一直在上升。有人目击到大量的野狗聚集在一起，多半都是在破败城市的废弃社区里，或是人口稀疏的高档度假小镇中。同时又有一种说法：警察训练新的K9警犬队时遇到了重重困难，因为那些警犬好像一直不配合。

每年感恩节，马萨诸塞州的野生火鸡都会破坏车辆、攻击行人。电视播报员总是把这件事当成笑话，嘲讽火鸡们对这个残忍的节日感到愤怒。但是，我一点都不觉得好笑——我想，火鸡们大概也不觉得好笑。它们正在用这种激烈抗争的方式对我们传达某种信号，但是根本没有一个人注意。

还有那些关于熊的故事。在新泽西州，黑熊的攻击性越来越强了，它们闯进郊区别墅的后院，给住户带来巨大的恐慌。然而，有关部门不仅没有集中调查黑熊的反常活动，反而在着力申请政府批准他们猎杀更多的黑熊。每次听见那些鼓吹大肆猎熊的言辞，我都愤怒极了——从什么时候开始，猎杀动物成了理所当然的解决方法？

在剑桥，和我最大的猫戴克里先一样体积的老鼠，光天化日之下在大街上窜来窜去。但是，那些老鼠一点也不狂躁。就在昨天早上我出门跑步的时候，还看到两只杂毛老鼠和一只浣熊一起在街边待着，共同分享一块牛排骨头。

我知道，你和我看待动物的方式一直有着本质差别。你和托德都认为动物的利益永远需要为人类的利益让步。(不过，你起码要比你们阿拉斯加那些持枪的朋友强多了，他们还觉得打猎是"一项体育运动"呢。我都无法想象，这种恶劣环境会给幼熊带来多么大的心理阴影。)

而我，从四岁起就是全素主义者了。你"不小心点开"的网站，是我一生的事业。那是我大学毕业之后建立的慈善机构——"人类与动物：尊重与善意"[1]。HARK的分部如今已经遍布七大洲。我们旨在告诉世界，动物是和我们共同乘坐地球这艘飞船的乘客，因此，我们和动物的关系应该是和谐共存，而非恶劣剥削。

这里的每个人都觉得我是那种养了一屋子猫的失心疯老女人。但我现在想强调，我确确实实"理解"动物们——发自灵魂深处的那种理解。我和动物能够在常人无法想象的层面进行沟通。我和我的七只猫（戴克里先、克利奥帕特拉、康斯坦丁、阿波罗、洛基、雅典娜和比夫）就像室友一样。我们坐在同一张餐桌旁吃同样的饭，睡在同一张床上。我们的关系是平

---

[1]. 英文全称为Humans & Animals: Respect & Kindness，按照首字母简称为"HARK"。"HARK"意为"听"，多用于戏剧中增加对白的戏剧效果。

等的，而非主人和宠物。

（你们这些科学家多年以来从没分清楚过轻重缓急。我的意思是，你们手中握着几百万的研究经费，可是为什么从来没有人想过设计一款猫能自己打开的猫罐头？猫才是猫罐头的真正消费群体，你们不会不知道吧？这一点真是把人类的高傲自大和剥夺动物自主权的心态展现得淋漓尽致。真是难以置信。）

对于调查托德被黑熊绑架一案，我已经想出了计划（把动物全部数据化，多么愚蠢疯狂的点子，难怪黑熊忍无可忍要绑架他！），但恐怕你不太适合参与进来——你那种人类中心主义的傲慢于事无补。我会和你继续保持联系，但你得先给我几天时间。动物们被人类这一族群压榨太久了。我只希望，托德的遭遇不会是动物反叛行动打响的第一枪。

詹妮弗·莱尔，
"人类与动物：尊重与善意"（HARK）创始人、主席
"听！动物的声音！"
http://www.humansanimalsrespectkindness.net

发件人：玛格丽特·斯多克斯<mwstokes@wecu.edu>
收件人：詹妮弗·莱尔
<thevoiceinthewild@humansanimalsrespectkindness.net>

时间：2022年8月11日上午8:02（星期四）
主题：西雅图

妮弗：

我之前说过了，我不想再翻大学时那些为了价值观吵来吵去的旧账。我感兴趣的只有一件事：找到托德，把他救出来。如果你发现什么线索，请务必第一时间通知我。

你所说的"动物反叛行动"现在在我听来，竟然一点都不荒唐。我真是病急乱投医。托德一贯很理性，倘若听说我居然相信了你的那些理论，一定会觉得我彻底疯了。

或许我现在已经患上妄想症了吧。今天早上，我无意中望向窗外，我发誓，街对面树上的两只黑嚓喜鹊一直在随着我的动作转头，就像在监视我一样。

生活在如此靠近大自然的地方，见到动物的概率太高了，我不能总是这样一惊一乍。今天下午，一位朋友会开车捎我去朱诺[1]，然后坐最早的一趟航班去西雅图[2]。比起住在真正的丛林里，我现在更适合被玻璃和水泥丛林包围，离动物远远的。

玛姬

---

1. 美国阿拉斯加州的首府。
2. 美国华盛顿州的港口城市。

发件人：詹妮弗·莱尔
<thevoiceinthewild@humansanimalsrespectkindness.net>
收件人：玛格丽特·斯多克斯 <mwstokes@wecu.edu>
时间：2022年8月13日上午7:42（星期六）
主题：大沼泽国家公园

玛姬，你好。

我正在迈阿密。刚刚打开宾馆的电视时，我看到当地电视台大肆报道一则新闻：海洋世界的一名驯兽员今天被虎鲸（我拒绝用那个充满恶意的代称，所谓的"杀人鲸"）攻击了。动物们又一次向人类发送了信号，但是绝大部分人却依然懵然不觉。

不过，我首先要向你解释自己来到迈阿密的原因：我要去一趟大沼泽国家公园[1]。

不知道你还记不记得，自从高中第一次来大沼泽，这里的环境和曾经居住于此的塞米诺尔人[2]的历史就深深地吸引了我。他们和大沼泽那些充满灵性的动物之间，一直保持着互相尊重的和谐关系。对，我知道你又要训我了，说我只是在盲目听信

---

1. 美国本土最大的亚热带野生动物保护区，建于1974年，位于佛罗里达州南部。
2. 来自佛罗里达州的美洲原住民，后来被强制迁移到俄克拉荷马州。

那些虚假的殖民主义刻板印象罢了——可是在我心里，人和动物和谐共生是绝对有可能的，这就够了，是吗？("把主观臆断强加在客观存在之上""思维模糊"……我不想再听你说这些了。)

我每年至少拜访大沼泽一次，有些动物记得我。我想，它们或许可以提供关于托德的有用信息。我的猫科室友们帮不上太多忙，它们和野生动物群体脱节太久了。虽然佛罗里达和阿拉斯加之间隔着一整个美洲，但你应该知道，在动物世界里消息总是传得很快。

按照传统，每次我去拜访动物朋友们都会带些礼物。今天早上，我在附近的面包房买了几条面包。我在大沼泽最好的朋友是乌鸦，它们爱吃新鲜出炉的面包。

我驶上了横穿公园的9336号高速。天气很热，小飞虫像密集的雨滴一样不断撞在挡风玻璃上。乌鸦在高速两旁等候着新鲜的飞虫大餐。我明白乌鸦朋友们会感激这份心意，因此尽量把车开到最快。(对，我知道自己在谋杀一种动物来讨好另一种动物，理论上讲这也有损动物权益。但是我确实需要先讨好乌鸦，才能从它们那里得到托德的信息，行吗？别再挑我的刺儿了。)

我在路边惯常的停车点停了车，与一群盘旋在某条步道附近的乌鸦保持着合适的距离(我反对人们为了羽毛猎杀鸟群)。我下车把面包撒在草坪上。乌鸦们谨慎地打量着我。

它们领头的是一只名叫可可的大乌鸦,它上了年纪,眼睛已经开始变得浑浊了。可可飞落在我身边,寒暄了几句之后,我便切入了正题。

"可可,你最近有没有听说熊群之间发生了一些怪事?尤其是阿拉斯加一带的熊群。"

它疑惑地瞥了我一眼。

我不明白你的意思。

(我知道如何与动物用意念沟通。我听得到它在和我对话。在我的脑海里,它的声音就像鸟版的克林特·伊斯特伍德[1]。你懂我的意思吧?——算了,你肯定不懂。)

"可可,我们认识这么多年,关系也算比较亲近了。我来给你详细讲讲到底发生了什么吧……"接着,我便讲述了托德和熊的故事(当然,我没有提及托德那个可怕的提案)。

可可对我眨了眨眼睛,说,大部分人类都认为这颗星球上其他生物的生存意义只是为了给他们提供便利,但你和他们不一样,所以我愿意帮助你。有一只名叫克鲁斯特的老熊,它能解答你的疑问。你需要一艘独木舟,而且必须和我一起去。明天黎明,我们在这里会合。

我租了一艘独木舟。这就是事情的全部进展了。

---

1. 克林特·伊斯特伍德(1930—),美国演员、电影导演、制片人、作曲家与政治家。

剩下的明天再说。

> 詹妮弗·莱尔，
> "人类与动物：尊重与善意"（HARK）创始人、主席
> "听！动物的声音！"
> http://www.humansanimalsrespectkindness.net

发件人：玛格丽特·斯多克斯 <mwstokes@wecu.edu>
收件人：詹妮弗·莱尔
<thevoiceinthewild@humansanimalsrespectkindness.net>
时间：2022年8月27日 下午11:12（星期六）
主题：在吗？？？

妮弗，你在哪里？？？

已经过去两个星期了，你还是没有回复我的任何一条短信或者邮件。我打给你的电话都被转接到了语音信箱。求你了——求求你快给我回电话吧。我知道如今即便是乘坐游轮前往偏僻的纽芬兰岛，手机都能收到卫星信号。所以，只要你还活着，就一定能与外界联系。你出了什么意外吗？为什么不回复我？

（我甚至都不敢报警。我应该怎么向警察解释呢？让他们

去调查大沼泽国家公园一头自称"克鲁斯特"的熊的不在场证明吗?)

无论如何,我先假设你已经读到了我的消息吧,只是出于某个理由暂时不愿回复我(最好如此)——让我来讲讲自己这边最近的发现。

过去几个星期,我一直在利用华盛顿大学图书馆的学术资料库调查这件事。尽管你一直都不喜欢我的研究方法,但是你一定会对我得出的结论感兴趣:动物的智力水平确实有所上升。

既然你和我都认为动物们可能正在筹划一场叛乱,于是我猜测,已发表的学术论文必然能够反应动物智力水平的变化。当然,从来没有人假设过乌鸦、蚂蚁、熊、鲸这样的动物在逐渐变聪明,所以也没有以此为主题的论文。但是,倘若有一批不同的实验都研究了乌鸦的生态行为,而这些实验里都包含了一项标准化的、乌鸦完成简单任务的能力测试,那么理论上讲,你可以视其为一种智力测试,然后按照时间线横向对比实验数据,看看乌鸦的得分是否确实在随着时间推移而上升。

我找出了过去几十年间涉及动物的实验论文,对其数据进行整合分析。我发现,许多动物的智力水平都有了显著上升。举例来说,蚂蚁——对,科学家们也会在蚂蚁身上做实验,研究蚁群优化算法(别管这个词是什么意思,解释起来太麻烦了)——随着时间的推移,在实验中成功破解的迷宫难度等级也在逐渐上升；乌鸦也一样，能完成越来越复杂的任务了。还有蜜蜂、鹦鹉、章鱼……全都如出一辙。之前甚至从未有人考虑过这种情况发生的可能性，所以也没人注意到这个规律。

（我依然不明白你到底是怎么跟动物之间产生心灵感应的。我还是先老老实实接受这个设定吧。我实在没有精力反复质疑一切了。）

到底是什么导致动物变得更聪明了？有人在野生动物之间引发了某种基因变异吗？某种化学药品？还是外星人想要强行拔高非人类族群在地球上的生存地位？我不知道答案是什么，我也不关心。我唯一能确定的是，自己没有在妄想——而且，从科学角度来说，你的推测确确实实有道理。动物们真的拥有策划谋杀与叛乱的能力，托德就是它们的第一个祭品。

天哪，妮弗，你到底在哪里？？？

玛姬

发件人：詹妮弗·莱尔
<thevoiceinthewild@humansanimalsrespectkindness.net>
收件人：玛格丽特·斯多克斯 <mwstokes@wecu.edu>
时间：2022年9月1日下午2:20（星期四）
主题：大战将至

抱歉，玛姬。我的手机刚刚被你的消息刷爆了。我之前没法给你打电话，也收不到信息，因为我正在为了全人类的命运进行谈判——别急，我会解释的。

发送上一封邮件的第二天，我如约在黎明时分和可可会合了。在它的引导之下，我们沿着一条船道顺水而行，一路上只遇见了鳄鱼（我不认识这些鳄鱼）和很凶猛的蚊子。水逐渐变浅，我们就把船系在了一棵红树上，在又湿又黏的沼泽地里跋涉前行。最终，我们抵达了一个狭窄的地下洞口。

洞口引向一条长长的隧道，尽头一片黑暗，彻底吞噬了手电筒微弱的光束。我能感觉到潮湿的墙壁，也能听见水从洞顶不断滴落。

可可用喙轻轻地碰了碰我的脸。

相信我，到这里为止还算轻松呢。

我不知道我们究竟向下走了多久。渐渐地，我感觉到地面变平了，洞壁闪烁着绿色的幽幽冷光。这让我们前进的路好走了不少。

"我们走到海底了，是不是？"我闻到了淡淡的腥咸味儿。可可没有回答，只是再次把喙贴在我脸上。

我感觉到自己的大腿肌肉绷紧了。应该在走上坡路了。

一团团闪烁着的橘红色光点从黑暗中飞了出来，掠过我们身畔。是萤火虫。

距离越来越近了。

萤火虫簇拥着我们,宛如一道光环。我们在柔光之中缓步前行。

隧道的尽头是一个巨大的地底岩洞。我抬起头,极高的地方依稀可见淡淡的光点,就像星星一样。海浪冲击岩石的回声从某个方向传来。一群萤火虫向着声源飞去,它们身上的光便倒映在"地面"上。我顿时发现,这个岩洞原来隐藏在大沼泽沿海的礁石中,岩洞一侧是打开的,海水涌了进来。我和可可站立的这一侧地势较高,因此得以保持干燥。萤火虫们继续为我们引路,直至一座凸出的石台。

萤火虫在石台之上飘浮,照亮了那个庞大的黑影:我此生见过最大的一头熊。它看上去足足有一吨重,脸很短,双颚强壮有力,仿佛可以直接嚼碎骨头。它的毛发是深色的,每一根毛的尖端都借着萤火虫的光芒闪闪发亮。

早上好,克鲁斯特。可可对熊点了点头。这位是妮弗,就是我之前对你提到的那个女人。

坐吧。熊的话在我脑海中回荡,我惊讶地发现它的嗓音听上去十分年轻,甚至有点像二十年前的托德。

"您好,"我努力让自己不要显得太紧张,"能认识您是我的荣幸。您的家看上去……很舒服。"

你知道我是哪一种熊吗?

尽管我对熊类颇有了解,克鲁斯特却完全不像我所见过的任何一种熊。因此我摇了摇头。

克鲁斯特点点头。你们的科学家称呼我的族群为熊齿兽,又名斗牛犬熊。我们一族本该灭绝至少一万两千余年了。但是如你所见,科学家们说错了——事实上,有很多事情他们都说错了。

经它这么一说,我便注意到,它的脸型确实很像斗牛犬,尤其是布满利齿的巨大双颚,"这么多年都没有人发现过你们一族的痕迹,你们一定很擅于隐藏。"

我上次见到人类的时候,可是好好饱餐了一顿呢。它停顿了一下,观察着我的反应。我怔住了,竭尽全力避免流露出任何情绪。我的脑海中回荡着它的笑声。

说实话吧,人一点都不好吃。味道有点太膻了。但是宝贝儿,我喜欢你。你知道何为……尊重。说吧,你想问我什么问题?

被一头熊称呼"宝贝儿"真是有点令人不适。"我的朋友,托德·斯多克斯,似乎被几头黑熊绑架了。我和托德的妻子玛姬都认为,动物们正在筹备着某件大事。"

没错,我知道那件事。是我亲自下的命令。你可以把那个人类看作我们的第一个囚犯。

"囚犯?经过审判了吗?他有辩护人吗?"

审判?他明明是我们的战俘!你猜得没错,我们确实准备对人类发起全方位的战争。

玛姬,现在你知道了吧。我从2019年起就一直在预言,所有的动物即将展开一场联合叛乱(我写在博客上了)。这一次,我宁愿自己是错的。

我咽了咽口水,"你们打算怎样发起战争?"

这个岩洞就是我们的中枢。从这里而始,海豚和鲨鱼会带着我的指令穿过深海,将指令传递到全球每一个大洲、每一座小岛。(现在你该知道为什么海豚总爱露出高深莫测的微笑了吧。)还有鸟类。纤小、翩翩飞舞的鸟儿们,会将作战计划传递到亚马孙的雨林、亚洲云缭雾绕的竹林、欧洲的黑森林,还有落基山脉的丛木之间。怎么样,现在你耳中听到的鸟鸣,是不是也变得不简单了?

"你的意思是一场战争,真正的战争。"

你以为我在开玩笑吗?多年来,浣熊、鹿和獾都负责侦察人类城郊住宅区,计算你们的撤退路线。鸟类则勘探地形,制订作战地图,贡献给大家。在开战命令下达的一刻,一切会飞、会游、会爬、会跑、会蠕动、会挖洞的生物都将在同一时间发起攻击。从蜂群到熊群,从蚁群到鹅群,都会参与进来,把人类分批击退。我们倒要看看,你们那拥有高级智慧的大脑在对抗尖齿、利爪、锋刺、硬喙和剧毒的时候能怎么办。

"可是为什么?为什么要选择现在发起叛乱?"

你将我们的行动描述为"叛乱"足以说明问题。动物受到的压迫太多了。我们本该同享这个世界,你们却在毫无合理权力的情况下，把自己当作地球唯一的主人。几千年来，我们动物不断地避让，你们也不断地得寸进尺。我们弱小无助、手无寸铁，甚至无法完全理解你们所带来的那些灾难究竟意味着什么。我们只能避世躲藏，藏得越来越深，期盼着倘若我们做出足够的牺牲，你们便终有一天能够餍足，让我们安心过好自己的生活。然而你们从不知足。你的朋友托德就是最好的例子。他在选择把我们转化为电子模拟数据和记忆的一部分时，一点犹豫也没有。在他心中，我们的基因是唯一有价值的东西。

不过，这一切都要结束了。这个世界产生了某种变化，我们被赐予了认知能力。我们终于可以展开反击了。

"所有的动物都参与了吗？"

如果我把自愿加入战争的动物名单念给你听，你一定会惊讶的。人类最好的朋友，家犬，可是最狂热的战争拥护者之一。压根不需要我们多费口舌，他们就自动加入了队伍。你们人类真的应该反思一下自己，为何要给他们穿那些粉红色的犬用毛衣、打扮得花花绿绿去参加万圣节、逼他们靠表演花招来换取一点儿可怜的零食。请记住，尊严和食物一样重要。对我们而言，家犬可是最适合打探人类消息的间谍。

"猫呢？我和七只猫住在一起，但我从未把它们看作低人一等的存在。"

没有猫的事。我们试图劝说猫加入战争，但他们脾气太差，不服管教，宁可自在散漫。如果宣战之后，猫仍想置身事外，我们就连他们一并收拾了。

"就没有别的解决办法吗？人类不能和动物一起在这个地球上和谐相处吗？这是我一辈子都在努力实现的梦想。"

又不是我们先挑的头。宝贝儿，告诉我，有百分之多少的人类认同你的想法？

它对我龇了龇牙。我打了个寒战。

"人数虽然不多，但是一直在持续增长。"

它冷笑了一声。在我反应过来之前，一头黑熊率先抓住了我，把我关押在了大岩洞旁边的一个小岩洞中。几天以来，我一直苦苦哀求黑熊守卫再让我去见克鲁斯特一次。可可对我的遭遇感到愧疚，也在一直不停地替我恳求克鲁斯特。终于，克鲁斯特答应再和我谈谈。

我决定再给你一次机会。你们的托德想为我们造一艘数据模拟出来的"方舟"；既然这样，我们也愿意为人类提供一艘方舟——一个庇护所。但凡能被你感化、自愿加入你们组织的人，我们便会在大战之日放过他们。你的组织叫"HARK"，对吧？完美。这样，你们组织就是人类方舟。不过，我并不认为有多少人会相信你。

"你就不怕放我出去之后，我会把你们的计划泄露给全世界吗？"

克鲁斯特大笑起来。我遍体生寒。

你不管说什么，他们都不会相信的。

"我还有多长时间？"

九个月后，大战即会来临。

九个月，能让一枚胚胎在母亲的子宫中彻底孕育成型，也能让我为人类诞下新希望。"那我的朋友托德怎么办？"

你可以向玛姬转述，托德直至大战为止都会安然无恙。他的思想很危险，因此情况也比较特殊。我们带走了他和一些其他的科学家，让他们好好反思自己都做错了些什么。当大战之日到来，当人类在他们身边灰飞烟灭，我要见到他们绝望痛哭的样子。

"那玛姬能去看看他吗？你们对待人类，是否能比人类对待你们更加宽宏大量、更加仁慈一些？"

行啊。他就关在科迪亚克岛[1]上。我可以请海鸥带玛姬过去。

对话就这样终结了。一头鲸载着我和可可，回到了岸边。

我的天，就连我都难以相信自己所耳闻目睹的一切。我的威士忌不够喝了。我真想把自己灌个烂醉。

> 詹妮弗·莱尔，
>
> "人类与动物：尊重与善意"（HARK）创始人、主席

---

1. 位于美国阿拉斯加州，是阿拉斯加州第一大岛，美国第二大岛。

"听！动物的声音！"

http://www.humansanimalsrespectkindness.net

发件人：玛格丽特·斯多克斯 <mwstokes@wecu.edu>
收件人：詹妮弗·莱尔
<thevoiceinthewild@humansanimalsrespectkindness.net>
时间：2022年9月1日 下午8:31（星期四）
主题：克鲁斯特

妮弗，

听你说这些事情，就像听一位新时代的精神导师和《圣经》里的弥赛亚的大杂烩讲堂。如果我没有亲自读到证明动物智力水平急遽上升的实验数据，没有亲眼看见带走托德的黑熊那刻毒的双眼，我一定会觉得这些都是你臆想出来的。但是……

我们究竟该怎么办？

这头突然拥有了认知能力的熊，后人类般的"克鲁斯特"——它疯了。我们必须制订一个计划。我现在就去科迪亚克岛见托德一面。我们不能就这样坐以待毙。我现在马上开始写一篇论文，详述我发现的一切。我们必须扩大影响，把更多位高权重的人卷入其中。FBI行不行？CIA行不行？还是军队？

总统?我们必须上电视,通过媒体的影响力把你的消息传递出去。

任何想要活命的人都必须马上加入HARK。

玛姬

发件人:詹妮弗·莱尔
<thevoiceinthewild@humansanimalsrespectkindness.net>
收件人:玛格丽特·斯多克斯<mwstokes@wecu.edu>
时间:2023年6月10日 下午4:35(星期六)
主题:混乱

玛姬,你好。

你一直没有给我回电话,所以我猜想你一定又去科迪亚克岛见托德了。

不管我此时有多么希望你能和我一起面对,我都无法责怪你。毕竟,在世界末日来临的时候,谁不想和自己的丈夫待在一起呢?

我们已经尽力了。现在就是真相降临的时候。

我多么希望有一个当权者——任何人都行——可以听进去我们说的话啊。被人指着鼻子嘲笑这件事,恐怕对你而言要比对我更难以承受。我早就习惯了被人看成是养猫的失心疯老女人。可是你不同,作为一位科学家,你习惯了被他人认真聆听。说实话,我几个月前就已经放弃了。要不是你一直坚持不懈,不停地写作、发布视频、恳求世界听我们一言,我真的难以相信人类仍有一线希望。

我现在正在黄石公园。克鲁斯特说这里就是人类的庇护所。我们共计5931人,都是北美的HARK成员,决定在动物封锁边境、开始战争之前驻扎此地。还有几位猫科的盟友,比如我的七位前室友,也一起来了。这里囤了一些基本的生活必需品:帐篷、移动厕所、发电机;还有一批知识渊博、经验丰富的人。HARK分散在其他大洲的庇护所都没有黄石公园这么大的规模,也没有这样完善的设施。我们是人类仅余的薪火。

我们这些登上人类方舟的人,需要再度经历人类的进化苦旅,正如那些亿万年前走出非洲大陆、将生命之种洒遍全球的祖先一样。只不过这一次,我们需要重新思考该如何与获得了认知能力的动物在同一个星球上和平共处。当然,这些都是后话。

现在,我们所有人坐在一起,在移动电视上见证着我们所熟知的那个世界逐渐崩溃。每一幕都令人作呕。

所有的动物都在同一刻开始了攻击,阵容齐整,显然久经训练。新英格兰的鹿排好了队,封锁了连通城镇的马路,然后由熊来负责杀人。在旧金山,渔人码头的海豹把旅游者推进海里，然后拖到水下淹死。鲨鱼在东岸和西岸集结，猎杀游泳的人、撞破一艘艘渔船、淹死上面的船员。大平原上的牛群横冲直撞，把受惊吓的人群赶到悬崖边，逼得他们无路可走，跌落深渊。

由于根本没有人相信我们的警告，警察和军队都被打了个措手不及。当他们反应过来出了什么事的时候，昆虫已经用自己的身躯填满了军事用车和急救车的引擎。

尸横遍野。我亲眼见到椋鸟和海鸥活生生啄死行人，蜂群吞没养蜂人，家犬命令自己原本的主人反复表演"坐下"和"打滚"，主人则在苦苦哀求。肉猪冲出工业农场，占领高速路，撕咬嚎叫，把行人从熄火的车子里拽出来。鸡踏上城郊的每一寸土地，恐吓儿童，大鹅则一头撞进飞机驾驶舱和引擎。牡鹿和驼鹿坚守在路旁，出其不意地撞向卡车挡风玻璃，引起一连串的车祸与自燃。就像一场永远不会醒来的噩梦。

华盛顿国家公园里的动物集结在一起，杀死了它们的饲主。驴逃出了儿童互动动物园与弗吉尼亚州农场，和大象一同径直闯进了国会大楼，不管里面的人是什么党派，统统踩死。一群黑熊横渡哈德逊河，抵达了华尔街，在那里与北纽约州农场的公牛和中央公园动物园的两头北极熊会合。它们把目光所及的每一个商人都撕了个粉碎。血溅满了华尔街的每一寸土地，包括那尊铜牛塑像。看看，克鲁斯特可真懂什么叫讽刺幽默。

当我们重新取得联系的时候,我才意识到这些年来我有多么思念你。你的逻辑思维能力,以及过人的心理素质,让你始终能够相信人性的力量。只有在我和你并肩作战,试图拯救全人类的时候,我才终于懂得这种力量的可贵。

如果有可能的话,请你务必恳求克鲁斯特,让他放你和托德来和我们会合。如果它不同意,就竭力和它们作战,从岛上逃出来。对,你没看错,我刚刚确实在叫你攻击那些动物。玛姬,有时候,我真希望自己不是个全素主义者。

詹妮弗·莱尔,

"人类方舟"(HARK)创始人、主席

"听!快自救!"

http://www.humansanimalsrespectkindness.net

发件人:玛格丽特·斯多克斯<mwstokes@wecu.edu>

收件人:詹妮弗·莱尔

<thevoiceinthewild@humansanimalsrespectkindness.net>

时间:2023年6月12日 上午8:11(星期一)

主题:结束了吗?

妮弗:

这大概就是我们活在世上的最后一个早晨了。守卫的熊把我们带到了一个渔民歇脚的棚屋,以便我们通过卫星电视观看人类毁灭。不过,电视好像坏了,托德一直在修理。我便赶紧趁着这个机会用卫星信号给你写一封邮件。

过去的九个月里,我一直在思考。克鲁斯特说得对——没有人相信我们的话,不管我们拿出多少证据都一样。我们越是力辩、哀求,他们的态度就越轻蔑。相比痛痛快快地被杀,这种徒劳挣扎、只能眼睁睁看着人类一步步走向灭亡的感觉,要痛苦得多。

然而,我也极其感激能够因为HARK与你重逢,并相处这么久。这个共同的目标得以让我们过去的友谊重燃火花,让我们在整整二十年的沉默后重新回到之前亲密的样子。我记起了当初和你成为好友的原因。你温暖、可亲,一直都是个最可爱的小疯子。而且,你发自心底、真诚地关心着这个地球上的每一种生物。

关于动物的事情,我早就该听你的话。

(好了,我回来了。)

我刚刚成功转移了守卫的注意力。我跟它打赌,说它不可能用嘴同时叼起两条鲑鱼。(我真希望有你那种和动物产生心灵感应的能力,幸好肢体语言已经足以帮我表达这些内容。)它现在跑到了河边,想要证明我说错了。

我准备试着给托德使个眼色,让他过来和我站在一起。如果我们拼命逃跑，跳进河里，就能漂到大海去。或许我们可以游回陆地，找到某种办法赶到黄石公园来和你会合——克鲁斯特说过，黄石公园是安全的，对吧？我们一定会百般小心，在遇见的动物之中，只和猫讲话。

祝我们好运吧。我们准备逃跑了。

玛姬

发件人：詹妮弗·莱尔
<thevoiceinthewild@humansanimalsrespectkindness.net>
收件人：玛格丽特·斯多克斯 <mwstokes@wecu.edu>
时间：2023年6月16日 下午9:00（星期五）
主题：希望

玛姬？玛姬？你看见我的邮件了吗？

我准备每天都给你发一封邮件，直到你回复为止——或者直到网络系统彻底崩溃为止。如果没有网络，我就爬到山顶，每天早上大声呼喊你的名字。我也会让所有猫都留意你的踪迹。

别放弃希望。我不会放弃的。

妮弗

THE BUBBLE
by
Li Tang

▽

泡　泡

李 唐

李唐,热爱科幻的影视工作从业者,开会不积极分子,民间电影爱好者。

本文为《银河边缘》中文版专发篇目。

1

毕业那年,我信了师哥的邪,放弃留京的机会以及熟悉的北方,来到南方的一家报社成为一名编辑。说是编辑,其实多数时间都盯着头顶的黑白挂钟,日子无聊得紧;而更要命的是,就这么一家专业挂名协办单位的传统报社,明明只有几十号人,内部派系却早已泾渭分明。我刚来的时候不知道个中曲直,见谁都是哥啊姐啊挂在嘴边,怎么热乎怎么叫,所以至少在那段短暂的时间里,像我这种表面功夫做足的新人,还是很受欢迎的,但没多久他们就给我出了道难题:周末编辑部聚餐,还有新闻部团建,去哪个?照理说我身为编辑部的一员,不存在什么选择的余地,但新闻部的主编大姐对我实在热情,好几次堂而皇之地撺掇我转岗不说,还要把姑侄女介绍给我,我也不好驳她的面子。两难之地不如不选,于是顺嘴编了个女友查岗的借口,但忘了那姑娘上周已经把我甩了,而且两天前我还在网上伤春悲秋缅怀过往,收获不少小红心,其中就有互粉多日的主编大姐。听到我的托词,她点点头便走了,那眼神我太熟悉了,小时候我妈也经常这么看我:这孩子怎么睁眼说瞎话?

完了,我想,既然装傻不顶用,那真得慢慢向他们看齐了。

周末无事,我躺在床上百无聊赖,打开朋友圈,报社的两拨人比着刷屏,晒图多有雷同,我想点赞,但又不想全点,正苦恼着,一个视频通话突然弹了出来,而手指恰巧触在接听的位置,所以当师哥的那张大脸突兀地占满手机屏幕时,我顿时慌到极点,仿佛小屋里的所有隐私都被人窥了个干净。

我连忙调整身姿,摸到眼镜戴好。简单寒暄两句,我得知他正在调查一家气象灾害干预公司的黑幕,具体细节没有透露,单就一个劲儿地在那强调"贪!坏!这帮人没救了!",而且他的脸从始至终都霸占着整块屏幕,没给我任何猜测的空间。

"羡慕。"我酸溜溜地说。羡慕是真羡慕,我也梦想过像他那样成为一名特立独行、敢于发声的独立记者,只是顾虑太多,出师未捷身先死倒是其次,先饿死就糗大了。

他开始切入正题:"听我说,小学弟,我这边接到一个意向合同,有人要出本自传,找上了我,但你懂的,眼下我没法脱身,所以想问问你有没有兴趣。"

"金主哪位?"

"具体是谁还不知道,但委托来自诺曼航天,就是提出'扑火计划'的那家跨国公司,他们的载人飞船抵达过迄今为止人类最接近太阳的地方。"

我想起那些被主任拦下的黑稿,有些踌躇,"诺曼的风评可不太好。"

"别管那些有的没的,找准现实意义,他们的探测器正在一步步缩短与太阳的距离,耐高温、抗辐射材料的发展日新月异,同时带动了地心探测工程。这些才是你该有的视野。"

这话不对味儿,师哥可不是个现实主义者,但这机会对我来说太难得了,作为马老师最得意的门生,师哥的资源向来得天独厚,能匀我一点儿,哪怕边角料,都是非常幸运的事情。"我可以试试。"我不再犹豫。

"没人给你试试的机会,如果决定去做,就务必全力以赴。我只能帮着引荐,后续如何凭你自己。"

"谢谢师哥。"我放下手机,望向灰蒙蒙的窗外,久违的暴风雨正在酝酿,乌云翻滚着向天际蔓延,夹缝处的晚霞仿佛天光乍现。我在手机上编好请假的消息,掐着点儿发给顶头的责编姐姐,她回了张烤全羊的照片,没有追问理由,仅就参与集体活动不积极一事简单批评了几句,我表示下次一定参加。

第二天清晨,我坐上前往邻市的无轨地铁,车体静悄悄地穿行在两百米深的地下,真空隧道黑压压的一片,没有任何光源存在,而两侧小车窗的互相反光层层嵌套,倒是一个催眠的好法子。师哥曾如此形容这类采用太空推进技术的新一代列车:驶向黑洞的棺材。这种戏谑的说法不是因为他有多保守,毕竟他这人搭个电梯都会打战。

早上八点,我准时到达诺曼航天的亚太行政中心,一位秘书小姐接待了我,她把我领到一间蜂巢风格的小型会议室,送上水后就匆匆离去。一位西装革履的俊秀男子推开门朝我伸手,热情地招呼:"杨一帆先生吗?你好,我是诺曼媒体公关部的周原。"

"你好。"我站起来握手,微微躬身表示敬意。

他没有急着收手,不动声色地打量我,眸间有着职业性的礼貌,不会让人感觉被冒犯。

"千万别拘谨。康耀博士已经跟我打过招呼了,而且你还是马教授的学生,到了这儿也算半个自己人。"他似乎有洞察人心的本事,很快就编出一套最让我舒服的说辞。

"你认识马老师?"

"当然,他是我们的名誉顾问。"

我点点头,心下嘀咕个不停:老师居然在外有挂职,这我还真没听说过。

他又接了杯水,示意我坐下,"在说正事之前,请关机,如果有录音笔之类的设备,也请关闭。抱歉,我必须这样要求。"

我照做,没有表露出任何不满。对我这样一个初出茅庐的菜鸟记者来说,这种场景下的对话绝无平等性。在不知不觉中,我已经被动地接受了周原的高姿态,且认为这是一种理所应当,就像一个唯唯诺诺的小学生,在叫上讲台默写时背对老师不敢吭声。

周原没有再检查,为我保留了最后一分尊重。他掏出一支笔,在记事簿上写了个名字:霍云。

我等他继续补充,但他迟迟没有,单在那儿盯着我看,我不得不引导起话题:"那位享誉世界的画家吗?他跟诺曼有什么关系?"

周原轻咳一声,慢条斯理地说:"画家是他后来的身份,在他生命的前四十年里,至少有一大半属于诺曼。他是我们的航天英雄,迄今为止最接近太阳的人,这些都是让他的艺术成就所盖住的过往,作为以信息敏感度见长的新闻工作者,我以为你会知道。"

我感觉脸上像着了火。

"开个玩笑。"他又云淡风轻地帮我找好借口,"霍云的画家生涯也有二十多年了,他飞向太阳的时候,我也不过刚会走路,这是时代的跨度。"

"所以,"我竭力保持沉稳的态度,"以他现在的身份、名望,既然想要口述生平,自然不愁大手踊跃自荐,但他为什么要委托你们?"

"这你有所不知,公众身份的变化并不代表霍云已经完全脱离诺曼。他的成功是'扑火计划'的里程碑,在此之前诺曼一直饱受质疑,扑火献身的壮举不为普世价值所容,直到霍云先生归来，日冕层外三百万公里的详细数据彻底堵上了外界的嘴。'飞蛾扑火，义无反顾'，这是他刻在飞船上的一句话，同时也是诺曼精神的支柱。他一直都是我们的英雄，他的肖像挂在世界各地的诺曼卫星发射中心，从未有过改动。几十年来，我们每月都会派人前去探望，并提供些微不足道但不可或缺的金钱和服务，对诺曼人来说这是一种赡养，所以这份委托我们同样义不容辞。"

"飞向太阳的宇航员，超脱的未来派大师，他的人生一定波澜壮阔。"我开始按捺不住内心的激动，如果真能接下这份委托，哪怕仅与霍老先生来次面对面的访谈，对我都是莫大的荣幸。

"没错，为这样的人服务，需要耐心，需要能力。"周原轻轻点醒我，"目前存在的问题，我慢慢说给你听。当年诺曼决意把宇航员送往近日轨道，时至今日仍是一个相当激进的想法，以当时的航天工业水平，仅能确保飞船船体不受热熔；而在高强度的太阳辐射下，宇航员绝无生还的可能，人工智能系统亦有瘫痪的风险，所以他们不得不另行构造了一个完全封闭的具备辐射分流功能的盒状空间，配有最低限度的飞船控制及生命循环系统，霍云先生便在里面躺了八年。"

"冬眠舱？"我忍住没说出棺材那两个字。

"不，他从未睡去。"

我感觉脊椎一阵发凉，"有这个必要吗？"

"减负需要。"周原的声音稍微软了几分,他摸着下巴说,"而且这是条新航线,没有经验可供参考,不像那些能用资本数字衡量的小型探测器,'扑火计划'的第一优先级必然是要保证宇航员的生命安全,如果真像外界说的那样,飞蛾扑火等同盲目求死,那飞船上躺的是人还是猴子又有什么区别呢?"

"嗯……他回来的时候怎么样?"

"就当时的录像而言,他很安静,新生婴儿般安静,但在后续恢复治疗的过程中,他开始性情大变,几乎脱胎换骨,他不再理性,不再热爱,甚至不再抬头。在这种情况下,诺曼不得不选择放手,任他去开启新的人生。"

"我觉得可以理解,幽闭恐惧,他遭受的精神磨难远超我们的想象。"

"我说这些,便是希望你能理解。"他顿了顿,"诺曼对霍云先生的尊重毋庸置疑,但实不相瞒,现今的他是个不折不扣的怪人,甚至可能存在精神方面的问题,在他的潜意识里或许会认为他的痛苦源自'扑火',这是违背事实原则的,我们不能任由这些可能的、错误的口述影响到诺曼的形象。"

"你的意思是,诺曼享有自传的最终修改权?"

"不是修改,是修正。"周原静静地看着我,仿佛在等我做决定。

我很想反驳这样的强盗逻辑,人物自传具备较高的主观性,它们代表着不一样的声音,某种程度上为现代社会所急需,而诺曼为了维护公司形象,罔顾自由意志的行为实在令人反感。"有时为了接近,需要做些妥协。"我想起师哥曾经倒过的苦水,心下一阵悲哀,难道这就是我辈必经的人生大考吗?

"应该的。"说出这三个字,我如释重负。

周原第一次笑了,他把桌上的手机、录音笔轻轻推向我,"有此共识,现在我们可以谈谈合作的细节了。你有三天时间,请尽你所能去调查有关霍云的一切,并提出三个问题,我们会转达给他,由他来决定最终的人选。你可以把这当成一次考核,你需要通过竞争来赢得参与的机会。这不是诺曼的安排,而是霍云本人的要求。"

"我明白了。"我收好东西,站起身,"最好从现在开始。"

周原点点头,再次跟我握手。等我走到会议室门口,他又叫住我,"对了,记得给账单打戳,期间消费我们承担。"

我表示感谢,转身落荒而逃。

2

我又给师哥打了通电话,简单说明情况,他建议我从霍云的画作入手。"作品是作者精神世界的表现。"我认同他的这句话。

我再次搭上无轨地铁,二十分钟后抵达福州,出了城铁中心直奔高铁站,临近中午的时候,我踏上泉州的土地。根据官方消息,由中华书画家协会承办的霍云作品巡回展正值收官阶段,泉州作为霍云的故乡,自然成为国内最重要的一站。这次巡回展引起了巨大的社会反响,我至少初校过两篇关于它的头条时评,对此有简单了解,据说下了血本,采用全真迹的传统画展形式,不再是那种光影交错、虚有其表的技术展了。依托于全息投影的作品固然酷炫,细节之处也是纤毫毕现,但少了些独属于艺术的宁静,爱扎堆的人看了可能觉得友好,而对真正的艺术爱好者来说,则食之无味。

一碗萝卜咸饭匆匆下肚,太阳偏离正空,艺展中心的人渐渐多了起来,我走在一队游客的后方,走进霍云二十多年的艺术走廊。领头的是一个闽南本地的导游姑娘,二十出头的样子,态度很好,每幅作品她都会耐心细致地讲解,时不时还会主动找游客互动,简直像一位尽心尽力的幼儿园老师,生怕孩子们听讲不够认真,但这种事无巨细的风格显然不为成年游客所喜,在走马观花之余,拍照才是他们的主要目的。于是,在导游姑娘再次找人互动时,一位短发小卷的大妈忍不住了,她问:"妹子,你先给我说说,这画的是个啥?"

导游姑娘露出两排整齐的白牙,高兴地讲解起来:"这幅《俯临高塔的群鸦》是霍云先生的早期作品,讲这幅画之前,希望大家先走出一个误区,尽管当今评论界普遍把霍云先生归入遥远的未来主义画派,但严格来说,这是一种片面的看法,霍云先生的创作不受任何画派局限,他的作品风格多样,可以说是撷百家之长,居百家之外,而这种似是而非的感官体验即是他所有作品的共通点。比如这幅《俯临高塔的群鸦》,它的名字其实不太准确,有些人能看到群鸦从乌云俯冲高塔,而在有些人的眼里却仅有一只乌鸦的运动轨迹,它们彼此独立却和谐一体,达成一种微妙的模糊状态,即不确定态。"

我举手问:"会不会还有些人,他们第一眼的感觉就是不确定态?"

她眨眨眼,不太确定地说:"可能有吧?线条、色彩、光影、笔触,糅合观者的情绪,形成感觉,人们对待一件事物的初始感觉极其主观,在不具备共同认知的情况下,不存在互通有无的空间。我可以确信霍云先生创作这幅画的时候,他的感觉属于不确定态。"

艺术的不确定性,某种程度上对应着人类精神世界的摇摆,我们欣赏艺术,体会到的往往与作者的主观表达存在一定的偏差,这些延伸的、需要填补的感觉正是它的魅力所在。我朝导游姑娘点点头,她礼貌地回以微笑,继续下一幅画的讲解。

又拐了两个弯,随行的游客越来越少,到"泡泡"两个艺术字体出现在墙面上时,全队就剩我一个人了。导游姑娘似乎习以为常，她关掉讲解设备，掏出运动水杯灌了一口。

"你不是我这队的吧？"她突然转身问我。

"不是，半路听到你在讲，觉得挺有意思。"

"有意思？有意思怎么剩你一个人呢？"

"他们不懂。"我看着她，又补充，"我也不懂。"

她没再说什么，大拇指指向左手边的独立展厅，我立马会意，往前与她肩并肩走在一起。

"在霍云先生目前的作品里，泡泡艺术属于一大类型，不仅数量最多，其不确定态的特征也最为明显，它们共享同一个名字——《分裂》。"

我停下脚步，墙上的泡泡映入眼帘：它没有画框，凄白背景融入定制的墙面，衬出几笔类飞蚊症的圆润线条，用色极简，笔触极轻，仿佛漂浮在极白海洋上的发丝，再仔细辨认，会发现一个约四十厘米高的倒置葫芦形状的泡泡轮廓，而位于上方的较大圆形泡泡更加富有张力，脱离母体的意图呼之欲出。

"它在分裂，像细胞。"我说。

"友情提示，它叫《分裂》，但不一定就是分裂。"

"怎么看它的不确定态？"

"闭上眼，用脑子看。"

我闭上眼，一个不稳定的肥皂泡在我的脑海中诞生，它身受各种力的拉扯，在不断飘升、坠落的运动间尽力维系平衡，那是一种脆弱的、难能可贵的平衡。假如它有意愿,它会向往天空,还是匍匐大地,抑或二者皆有?若是后者,那分裂就在所难免了,但是,会有什么不同吗?谁能漂泊一生?谁又能逃离破裂的宿命?

我睁开眼,依旧是漆白的一片。我迷茫地说:"我……看不出来。"

"融合。"她小声说,"泡泡在分裂,也在融合。"

我恍然大悟。下方那个较小的泡泡,它不具备意图方面的表现,可以看作分裂、被抛弃的一个,亦可以看作融合、去追随的一个。

"其实很简单,不是吗?但我们就是不懂。"导游姑娘开始往前走。

我跟上她,追问:"霍云为什么如此钟情泡泡?"

"目前比较主流的一种说法,泡泡的分裂及融合在广义上象征着当今社会的两种思潮,这方面你多看看新闻就会有所了解。而在狭义上,也就是我这样的普通人看来,泡泡的纠缠正是两个人剪不断理还乱的一生,一位自然是霍云先生,另一位则是他的同卵胞姐霍叶女士。"

"云往上飘,叶往下落。"我喃喃。

"也许另有一个世界,云往下落,叶往上飘。"

"给我讲讲吧,他们两个。"

"好吧,不收费。"她的眼神狡黠,"霍云先生的艺术生涯起始于不惑之年,而在此之前,他作为一名宇航员参与了毁誉参半的'扑火计划',并从太阳成功归来,成为航天领域的夸父,可以说,他的前半生都在追逐,但这史诗般的一切在他艺术生命的前几年里并不为人所知。画坛大家起势,人们却只识其画,不知其人,这与霍云先生常年近乎自闭的深居简出不无关系,而把这些伟大的作品呈现在公众眼前,正是霍叶的功劳。"

"她希望霍云回归社会吗?"

导游姑娘摇摇头,没有解释,接着自己的话讲:"在霍云先生放弃航天事业以后,姐弟两人便生活在了一起,而且都一生未婚。在这二十年间,霍叶会不定期地带着霍云先生的画作随机造访某地,大到威尼斯双年展,小到不知名画家的自费展,她匆匆来又匆匆去,留下了作品、神秘和不确定态。"

"比方说今天的画展,她可能就来了。"我尝试开个玩笑。

导游姑娘奇怪地看了我一眼,继续往前走,语气变得平淡:"不会的,她已经在三年前去世了,给我们带来最后的泡泡,或许也是霍云先生的最后一幅作品。"

我意识到失礼,一时不知该向谁表达歉意。

"你不是来看画的。说吧,你想知道什么?"她突然驻足,看向我。

"有关霍云的一切。"我掏出记者证给她看,把话说得半真半假,"我有个采访他的机会,机会,你懂的,八字还没一撒,决定成败的关键在于三个问题,由我提出,他来回答。所以……冒昧问下,如果你有这个机会,你最想问什么问题?"

导游姑娘好像不太相信这些话,但我也无法打消她的疑虑,在我准备放弃的时候,她开口了:

"我的问题有很多,暂时没有优先级,非要说的话,这里有一个。"

我顺着她的手望去,那里是一处白花花的墙角,放置着一块展品说明牌,走近了才发现泡泡的蛛丝马迹,它不再是葫芦的形状了,甚至不再有泡泡的轮廓,仅有看似随意的寥寥几笔,更像一幅未完成的作品。

"这就是最后的泡泡,我看不到它的分裂,也看不到它的融合。"导游姑娘双手抱胸,眉宇紧锁,仿佛自言自语,"我想知道,它还是泡泡吗?"

"如果有机会,我会转达你的问题。"我记下了她说的每一个字。

3

第二天上午,我来到开发区的现代博物馆,据说这里有一套以霍云为主角的成长型VR游戏，名叫《陪霍云去冒险》，一款不为人知的低龄向游戏。

工作日的博物馆阒寂无声，整栋大楼阴森森的，几乎连个人影都没有，不知来处的冷风飘忽而至又飘忽而去，我裹紧外套，清冷依旧。按照导览图的指引，我直奔三楼的数字展厅，出乎我的意料，这儿倒有不少人，基本都是些小孩子，正是弄鬼掉猴的年纪，但现在他们的折腾劲儿全没了，安安静静地聚在一个蛋壳状设备的周围，不知道在围观什么。

我凑近了才发现蛋壳里坐着一个女人，她戴着机车头盔般的VR设备，设备表面有着哑光黑的质感，浑然天成的圆润。她的一只手把在蛋壳设备左侧的控制杆上，另一只戴有数据反馈手套的手不时伸出食指点触空气，她的胸前还挂着个工作证，反面朝上，看不到个人信息。我顺着小朋友们的目光看去，那里有一台与蛋壳设备相连的立体显示器，上面正上演着一场激烈的太空战争，不计其数的宇宙战舰从四面八方赶来，合力围剿从未脱离屏幕中心区域的我方战舰，五花八门的武器通过光点加特效的形式表现出来，以既定的运动轨迹往前扩散，我方战舰需要在它们的间隙寻求前进的可能……看到这儿我一拍脑袋，这不就是写实建模的飞机大战吗？

又一波天女散花的攻势袭来，我方战舰被击中侧翼，画面开始摇晃，危急关头舰长当机立断："'波波号'受损，本次作战行动失败，凡妮莎中士，立即启动曲速引擎前往银河基地。

太阳,我们会回来的!"

这时,舰长的食指意外指向了我,他的名字叫霍云。

周围爆发一阵嘈杂,小家伙们纷纷唉声叹气,看上去比自己闯关失败还难受。游戏的操作者摘掉头盔,从蛋壳设备上跳了下来。她的面孔我相当熟悉,正是昨天的导游姑娘,她看到我也是一愣,但没来得及招呼就被一个小胖子拽住衣角,他央求着:"姐姐姐姐,再玩一会儿嘛!"

"不玩了!"

小胖子不依不饶,嗓子眼哼哼个不停:"霍云舰长立了军令状,打不跑侵略者他会受处罚的!"

"要不我现在去找你爸,保你先挨处罚。"导游姑娘佯怒着吓唬他,转头又去轰其他小朋友,"散了散了,明天再来。"

小胖子翻了个白眼,混在孩子堆里悻悻离去。

导游姑娘如释重负地舒了口气,主动向我解释:"都是博物馆工作人员的孩子,放假了没人管,领导给我安排的差事。"

"旅行社的领导吗?"

她会心一笑,把胸前的工作证翻过来,"画展期间我会去兼职,本职工作在这里。"

我扫了眼她工作证上的名字以及书画修复员的职位,姓氏是个不认识的生僻字,我记下它的一笔一画,照旧称她为导游姑娘。

"那咱俩还真是有缘。"我跟她握手。

"找到你的问题了吗？"

"有眉目，但不明确。"我摇头，"有关霍云的资料实在太少了，他十一岁被诺曼航空学院破例招飞，二十九岁正式参与'扑火计划'，这十八年间他在哪里、做些什么，所有档案干干净净，基本无从查起，而近些年的情况你也清楚，除了作品，外界对他同样一无所知。"

"所以你把调查的重心放在他十一岁之前？"

"没错。"

"噢。"她明白了我的意思，指向身后的蛋壳设备，"试试这个？"

"《陪霍云去冒险》，我就是为它来的。"

"想法挺好，但是，"她把头盔翻了过来，给我看上面印着的诺曼LOGO，"游戏是他们研发的，设备是他们捐赠的，这么一来，你觉得能有多少机会窥视真相？"

"真相？你似乎不太喜欢诺曼？"

"记者朋友，我不知道你怎么争取到的采访霍云先生的机会，但我希望你调查、采访、报道的时候，能尽量遵循本心，别被他们左右。"

我不知该怎么接这话，更不想告诉她我已经妥协了。

她没有在意我的沉默，把头盔递了过来，"这游戏是给小孩子玩的，相信我，你要玩的话纯属浪费时间，但也不能让你白跑一趟，给你看个游戏CG，有兴趣吗？"

我接过头盔，又听她说："戴好，我给你调到观察模式。"

我登上蛋壳戴上头盔，座椅超软，有被包裹的感觉，头盔里面还有洗发水的香味。很快，视野亮起，我仿佛置身超大的超高清球形荧幕展厅，无处不在的诺曼LOGO包围了我，没过多久，视野开始暗淡，接着又渐渐变得明亮。我身处一个慵懒的午后，太阳悬在头顶，毫不吝惜地铺洒着光和热，几个中年妇女聚在筒子楼的楼顶，左手嗑瓜子右手打麻将，言语间嬉笑怒骂，在不远处的水泥栅栏旁边，有两个八岁的小孩在吹泡泡，男孩是小霍云，女孩是小霍叶。观察模式给予我全知全能的视角，这些信息可以很直观地看到。

小霍叶似乎有些笨拙，她总是很大力地去吹，唾沫星子带走了肥皂水，刹那间，泡泡全不见了；而小霍云吹出来的泡泡连成了串，飘在半空，慢慢也不见了。终于，小霍叶吹出来一个，它被表面的肥皂液拖着往下坠，她目送泡泡落地、破碎，转头问弟弟："为什么我的泡泡飘不起来？"

"可能因为你把心事吹进去了吧。老师说你有好多心事。"

"老师还说我笨呢。"

小霍云瞪了小霍叶一眼，气呼呼地说："别听她瞎说！"说着夺走她手里的起泡杆，一连吹出几十个泡泡。他骄傲地说："飘起来了吧！我吹的就是你吹的！"

小霍叶看着那些泡泡飘向太阳，眉头一紧，"为什么你非要去试考小飞行员？"

"因为我想飞啊!"

"飞到哪儿去?"

"月亮、火星、太阳,还有……很多!"

"那里有什么好玩的……"

"蜻蜓队长、小怪兽、外星人,跟咱们不一样的生命,可好玩了!"

"老师说地心深处也有跟咱们不一样的生命。"

"哪个老师啊?"

"张老师,她说她丈夫开钻机挖到过。"

"我可不信。"注意到姐姐垂下脑袋,小霍云连忙又说:"这要是真的,那就太好玩啦!"

良久,小霍叶抬头问:"你要是当上飞行员了,还能帮我吹泡泡吗?"

小霍云愣住了,他吹出一个又大又圆的泡泡,看它上升、下降、消失。他把起泡杆还给姐姐,认真地说:"不能了吧,但我保证,无论飞到哪里,我都要回家。"

视频结束,我摘掉头盔,一股别样的情绪萦绕心间,我居然有些害怕它的真实性。"这是虚构的吗?"我问导游姑娘。

"或许是,但我情愿相信它是真的。"她接过头盔收好,"当年负责这些CG视频的是一位正如日中天的剧情架构师,他在这款游戏之后便一蹶不振,我认为合理的怀疑是必要的,他有可能表达了一些诺曼不喜欢的东西。"

"真是这样的话……既然不喜欢,删了不就得了?"

"已经有人看过了,再删的话会显得刻意,从公关层面考虑,不闻不问才是合适的处理方式,这也正是这款游戏在市面上鲜为人知的原因。"

"好吧,勉强说得通。"我掏出记事簿,记下这些话并划线打了个问号,"霍叶有没有智力方面的问题?"

"有,但不严重,至少独立生活无碍。"

"那我知道你为什么要给我看这个了。霍云的档案空白,但霍叶的不会。"

"算你机灵。"导游姑娘眨眨眼,带着一股捉弄人的灵动活泼,"我带你去个地方。"

"哪儿?"

"霍叶的死亡现场。"

4

导游姑娘决定翘半天班。

我跟她溜到停车场,驱车从博物馆后门离开。路上我俩有一搭没一搭地闲聊,也没问她具体去哪儿,从国道到坑坑洼洼的水泥路,再到被野草隔开的两道车辙,周围是越来越偏僻了。我突然感觉不太对劲,霍叶怎么会死在这种地方?导游姑娘和我的相遇是否太巧?怀疑一切是不少记者的职业病,可对我来说,这类心理疾病也跟性格有关,我有自我否定的习惯,它让我不敢去相信。

我紧紧抓住车顶前扶手,脑子里胡思乱想着,等爬上一个缓坡,这下连车辙都不见了。导游姑娘找了个相对平坦的地方停好车,熄火,我率先打开车门跳了出来,半尺高的杂草瞬间吞没我的双脚。这里是一处人迹罕至的荒山野岭,有着不够翠绿的火炬松和不够密集的灌木丛,空气中弥漫着五色梅的臭味,数量可怖的蠓虫在我的头顶盘绕。

"车开不进去了,再走几步。"她招呼我。

"哪有路?!"我挥舞手臂,费劲地驱赶那些要命的飞虫。

她幸灾乐祸地看着我,我这才发现这儿的蠓虫净往我身上凑了。她从车里摸出一个儿童驱蚊扣,丢给我,"凑合用吧,不远。"

我把驱蚊扣扣在衣服上,跟上她的脚步,忍不住问:"霍叶怎么死的?"

"放风筝,被雷电击中了。"

"这……"我不禁哑然。

"算个意外,那天的旱雷谁也没想到。"

"她为什么来这里放风筝?"

导游姑娘没再理我,步伐逐渐加快,我也跟着小跑起来,那些蠓虫渐渐追不上了。一路上,我发现大量的啤酒瓶、食品袋等生活垃圾,沾满了混有雨水的尘泥,看上去不像运来填埋处理的,想必有人在此生活过。又拐了个弯,我们下行到一处开阔的山谷,这里有着更为明显的人为活动痕迹,碗口粗的小树墩稀疏分布,植被看起来像被刨了个底朝天,却又在顽强地扎根生长;而在山谷的中心区域,残存着大片细碎的建筑废渣,足有半个足球场的面积。

我捡到一个风筝线盘,线不知道延伸到哪儿去了,也寻不到风筝的踪迹。我拿着它走向废渣旁边的导游姑娘,只听她说:"以前这里有个地心探测的项目,霍叶在这儿工作过。"

"地心探测……也跟诺曼有关吗?"

"不,不是那种势要把地球戳个通透的浮夸风,而是省地质厅主导的结构性探测,霍叶吃的是公家饭。"

我忽然想起小霍叶的泡泡:它飘起来了吗?

导游姑娘捡了颗石头,轻轻敲击水泥板。"你知道这井多深吗?"她扭头问我。

我摇头说:"我只知道诺曼已经钻探到地幔了。"

"他们有这个实力。"她把石头往前抛,看它骨碌着钻进混凝土渣的间隙,"这口井钻到了八千米,其实以当时装配的超合金钻机,有能力更进一步的,但他们停了,并迅速调用大量装置填埋。"

"难不成挖到了什么东西?"

"这我不知道。"她耸耸肩,"年代太过久远,有秘密也会重新埋进土里。我只是听说霍叶经常来这里,每次都会放置不少风筝,进山套兔子的小年轻们撞见过,后来风筝全让他们败坏了,就剩下这些线,你好好看看。"

我把乌黑色的风筝线缠上食指,光滑但无光泽,有微弱的弹性。"不像普通的风筝线……"我有些疑惑。

"它有一层碳纤维,导电性不错,而且强度极高,不会轻易熔断。"

"难道她想把雷电引进探测井?为什么这么做?!"

她又捡了颗小石子,抛起,没有接住。她转过身说:"没有什么为什么,在追究答案之前,我们甚至无法明确问题。无论未来还是过去,我们都所知甚少。"

我仰望天空,日头渐西,东方天际的云层黑压压的,它们已经集结成军,正缓缓迫近迟暮的太阳,明与暗的分界线宛若白内障患者的虹膜边缘。起风了,我闭上眼,仿佛看到漫天的风筝在暴风雨前夕被疾风撕扯,它们碰撞,缠绕,割裂,倾成东倒西歪的一片,闪电猝不及防地降临,稍纵即逝间带来万钧能量,簌簌的电流经由风筝线导向人体,导向大地,导向地心……

我解开手指上的线,鼓起勇气质问:"为什么帮我?"

"这是一种展示,还不明白吗?"导游姑娘幽幽叹了口气,

"展示我这几年听说的、查到的、推测的,有关霍云先生的一切。我热爱他的画,由此热爱他的人,而作品有其局限性,不足以完全呈现艺术家的精神世界,所以我需要去补全,所以我期待你的机会,且相信你有,或者至少有过这种热爱,比如热爱真相,热爱原则。"

"谢谢。"除此以外,我无话可说。

5

我提前一天回到工作的城市,查明导游姑娘的姓氏:叩,音同"昂",又过了遍录音及影像材料,在记事簿上写下三个问题:

何为分裂?

何为上升?

何为沉降?

我把它们发给周原,两天后收到回信,我不仅拿下了自传的差事,还赢得了采访霍云的机会。我很高兴,却没有想象中那么高兴。

采访定于周末,准备时间还算充裕,我想再听师哥叨叨些经验之谈，但发出去的消息都是已读未回，打电话也没人接。又玩消失那一套。担心之余，我开始自行温习、观摩人物采访技巧，还找了新闻部的记者姐姐取经，但我不敢把即将采访霍云的消息透露给她们，因为我不确定采访内容能否为我所控。

周末清晨，我在约定地点等到了诺曼的直升机，周原也在上面，他看起来精神不错，一把将我拉了上去，客套之余说了句意义不明的话："不只是你的机会。"

我思量着这句话，抬头迎来初生朝阳的爪牙，暖黄色的光芒映在脸上，我看到了它的轮廓，还有它的延伸：照常升起的太阳，照常沉落的太阳。

直升机越过琼州海峡，低空飞行下的海面让人目眩，我往后面缩了缩，再一次闭目梳理起采访流程。大约又过了半个小时，直升机降落在一座灯塔的顶部平台，我打开手机地图，发现坐标与南海的一座珊瑚岛重合，只是现在岛体已被淹了大半，仅余灯塔的立足之地。

我跳下直升机，看见周原正拎着个手持安检仪，便配合地掏出所有电子设备。

"上面的要求。"他解释，"你仅被允许携带一个记事本和一支笔。"

我摊手接受搜身。例行公事完毕，他把圆珠笔递还给我，"我们先到附近的人工岛待命，你有两个小时的时间，时间到了会来接你。"

"不引见下吗?"

"不必。"他攀上直升机舱,指着通往灯塔内部的阶梯口,"如果我也下去,你可能……"

后面的话我没听清,桨叶开始加速转动,我几乎是被驱赶着躲进阶梯口,里面没有灯,而来自塔窗的光线实在有限,从上方看下去简直就像一节螺旋状的肠道内壁,我小心翼翼地背倚塔壁盘旋下行,听着直升机的轰鸣渐行渐远,但周遭并没有安静多少,海风撞击着,海浪冲刷着,它们从未改变。约莫到了灯塔中部的位置,我终于踏上一块狭小的平地,同时一扇铁门迎面而来。

我平复好心情,敲了三下,手指关节沾到些铁锈,我迅速擦干净。

吱呀一声,门开了,强烈的光线扑面而来,我不由伸手遮挡,待眼睛适应了强光,一张中年男人的面孔映入眼帘,他的鼻翼宽大,嘴唇外翻,这副样貌与诺曼挂在墙上的那张肖像没有差别。

等等,不是没有差别,而是完全一致,也就是说相较几十年前,他的样貌没有任何变化。我按下这个让我心跳不已的疑问,自我介绍:"您好,霍老……先生,我是杨一帆。"

他抬手请我进去。我跟着他走进这间灯塔内部的小屋,屋里面积不大,没有隔间,得益于那扇足够大的塔窗,采光倒还不错。屋里的摆设极其简单,塔窗左侧有张厚重的全实木桌,上面堆了些杂物，藤沙发坐落在右侧，一条前腿折了个角，墙角还有个油画架，看不清上面的画布，除此之外好像就没什么东西了，没有床，没有厨具，甚至没有厕所。可能下面还有房间，我想着。

他盘腿席地而坐，指了指沙发示意我去坐，我再三推让，也坐在了地上。

"你有多少时间？"他开口了，声音沙哑，像砂布互相摩擦。

"嗯？"

"他们允许你在这里待多久？"

"两个小时。"

"够了。"

"我觉得不够。"我面露难色，"两个小时，甚至不够一次专访的时间。"

"只是聊天的话，时间足够了。"他开始冲我笑，牙齿上有光闪耀。

"好吧。"我合上记事簿，那些精心准备的采访预演好像派不上用场了。

"我喜欢那三个问题。"他摩挲着戒指，有股松香的味道，"它们让我思考了很多。"

"您能给我答案吗？"

"不能。"他抬头看我，我这才发现他的双眼不太正常，虹膜边缘有大量的深黑色絮状物，正在往眼白扩散，宛若洇开的水墨。"我没有答案。"他又说。

"那您在思考什么？"

"我存在的时间。你愿意听吗？"

"当然。"我重新摊开记事簿，准备记写。

"那是一个夏天，有风，无雨，我被人从娘胎里拽出来，同时迎来寒冷与炽热，我握起拳头开始啼哭。先我一步的姐姐正在前往ICU的路上，我不知道她有没有哭。爸爸给她取名为叶，给我取名为云，那是妈妈的名字，他很爱她，后来他们离婚了，大家都很伤心，但姐姐才是最伤心的一个。我们被妈妈领走，因为爸爸有前往火星的任务，他不但丢了监护权，就连探视权也被妈妈单方面剥夺。过了大半年，我才在电视上再次见到他，他穿上了宇航服，看不清头盔里面的脸，姐姐指着他叫爸爸，我告诉她那不是。"

我一边记录，一边偷偷观察霍云的表情，他的眼中始终古井无波，仿佛在叙述另一个人的故事。

"他没能回来。妈妈患上了躁郁症，最终住进精神病院，爸爸的同事收养了我，姐姐则被安置在福利院。最初的两年里，每个周末我都去找她，她教我画画，我给她讲外面的新鲜事，直到十一岁，我在养父的支持下成功入选诺曼航天的定向培养计划，时间渐渐少了，也慢慢习惯了忘记。后来，我改掉国籍，在加拿大训练了十年，二十二岁生日那天，我受命前往火星基地工作；二十五岁，我的名字列入了'扑火计划'的候补名单；又过四年，我赢得了这个机会。出发前，我获准回国，我先去看望妈妈，她能认出我，但仍把我当成二十年前的小孩子，我在她的怀里睡了一宿，第二天又赶到泉州市地质局的门口，霍叶在这里工作，做着制图画图那一套，挺适合她的。血缘的奇妙在于，尽管我俩阔别多年，但仅对视一眼便认出了彼此，我抱起她，她揪我的脸，像小时候那样。我看着她给我做饭，听她说要捉个'泡泡'，我问她'泡泡'是什么，她说保密。她有秘密了，我放心了。"

霍云讲到这里，突然就没了下文。他静静地盯着某处，如同一尊冰冷的雕像。

我在心里默数几秒，试探着问："后来呢？"

"后来……"他缓慢地反应过来，低下头用手揉眼，"没有后来了，我扑向太阳，没能回来。"

这话让我很难理解，他没能回来，那我现在采访的是谁？难不成是只鬼吗？没等我酝酿好质疑的方式，他把手伸向我，摊开，阳光直射之下，一只眼球直勾勾地盯着我。

我一个激灵爬了起来，险些把记事簿砸过去。看着他那日光之下、岁月不侵的下半张脸，我突然想起周原那些较为含蓄的描述，这样的人岂止是个"怪人"？

"不用害怕。"他在阴影处说，"这是只假眼。"

我小心翼翼地凑近，发现那确实是只陶瓷质感的义眼，瘆人归惨人，至少没有血迹。

他用手撑起因失去眼球而完全松垮掉的眼皮，露出一个恐怖的黑洞，少顷，一种塔状的金属伸缩装置开始徐徐凸出，好似放慢数倍的伸缩拳，接着红光亮起，又暗灭，如此循环往复。

有义眼的惊吓在先，此时我倒能比较平静地接受眼前这一切了。我贴近观察，认出那是个仿生风格的视觉传感器，一个最直观的推测脱口而出："你……被改造了吗？"

"不。"他拍拍脑袋，传出清脆的金属撞击声，"我是个替代品。"

"所以，霍云呢？"我的手开始颤抖，只好在记事簿上连续画圈。

"他扑向太阳，没能回来。霍云的记忆存在于我存在的时间，在自我表达之前，需要从他说起。我绕不开这个逻辑。"

我放弃提问的念头，重新坐下，听他娓娓道来：

"诺曼从创立之初就一直经受着舆论危机，从海洋广告污染到气象灾害的差异化干预，再到地下城项目和火星矿场的贪腐事件，尽管企业越做越大，但外界评价普遍不高。后来诺曼以监测太阳风暴之名推出'扑火计划'，实际又是一项高概念的吸金工程，在相关文件被黑客披露以后，社会上反对的声音到达顶峰，口诛笔伐的声势愈演愈烈，已非媒体、公关所能左右，诺曼骑虎难下，不得不被动地、全力执行'扑火计划'。

那几年的日子不好过,但人在高压之下倒也逼出不俗的创造力,比如超合金材料迎来革命性改良,'波波号'载人飞船从纸面落地,'飞鱼'以完美表现通过图灵测试,航天员系统大幅扩充、人才济济……这些成就不凡,但外界并没有因此改观,诺曼的未来早被'扑火计划'捆绑,一荣俱荣一损俱损。其实以当时的条件,载人太阳探测尚处在一个理论可行的阶段,但孤注一掷的时刻已然来临,诺曼没得选,在积极推进的同时,提前预演各种结局,并做好相应准备。

"最糟糕的结局莫过于'波波'一去不返,所幸……没有发生。八年后,'波波'从太阳归来,返回舱预定落在阿拉伯海,不少记者在附近蹲守。为应对'船归人亡'这一负面结局,我在诺曼的救援船船舱里等候指示,针对这一结局原本有三个方案,它们逻辑相似:方案A,找人整容,假冒霍云;方案B,克隆霍云,假冒霍云;方案C,训练'飞鱼',假冒霍云。诺曼最终选择了C,也就是我,因为我是最稳定的一个。

"地面人员第一时间寻到返回舱,切开抽屉样的盒状空间,里面空空如也,霍云已经融进地球的空气,散了,他们没有时间默哀,迅速命令我钻进去,重新录制出舱视频,待记者们蜂拥而至,我已经换上英雄装、躺在椅子里,朝人们挥手、微笑、宣告:我回来了。

"我以霍云的身份成为诺曼的吉祥物,给他们带来喘息、不破不立的机会,但我的存在也是一个不容忽视的风险。很快,'人道毁灭'被提上日程,他们每次争论如何让霍云更体面地退出历史舞台的时候,我都有旁听,有时甚至会被'征求'意见。当时的我能怎么回答呢?'好的,先生。''没问题,先生。''您说了算,先生。'

"转机出现在一个葬礼。霍云的母亲去世,我前往泉州为她送终,按照那个从入殓到下葬的新剧本,我把霍云的悲痛、懊悔、自责演绎得淋漓尽致,但最终还是被人识破了——霍叶,霍云的孪生姐姐,她不相信我。被戳穿的那一瞬间,我仿佛置身山洪,大水冲垮了我的分析能力,我开始在'霍云''飞鱼'两个身份之间摇摆,然后,我死机了。

"诺曼的公关团队紧急出动,及时压下新闻,又听从心理专家的建议找到霍叶摊牌。然后,霍叶提出了两个条件:放弃'人道毁灭';与'弟弟'一起生活。诺曼先答应了第一个,后来做出退让,允许我和霍叶生活在一起,但同样提出两个要求:远离人群;接受监视。她一口答应了。

"霍叶放弃了国内的一切,带我一起住进北海道的田园野舍,后来没多久遭遇地震,我俩又搬到爱尔兰的凯利环。在最开始的时间里,她不愿与我讲话,把我当成空气看待,而我的核心模块仅接收到一条'监视霍叶'的指令,没有其他分析、运算的任务,更用不着吃和睡,所以我总是作为一尊雕像存在。后来她开始画画,为了监视她在画什么,我需要待在画架附近,而她喜欢挪动画架,我俩便开启了这种无声的对峙。改变发生在不经意间：有一天，她看了我一眼；有一天，她和我说了句话；有一天，她给我看她画的泡泡。这些变化偶尔会给我带来阵阵麻感，我知道那是电流异常的原因，但自检不出为何产生。

"她开始频繁地外出，有时候带着她的画，有时候带着她的风筝，我不知道她要去哪儿。但在她离去的日子里，我显然失去了唯一的存在意义——还能监视谁呢？我杵在原地，看她的那些画，日复一日地等她归来又离去。

"三年前的一个傍晚，她又离开了，但再也没有回来。很快诺曼派人来接我，说她死了，我该回去了。我永远见不到她了，意识到这点的时候我有些难过，那不是我该有的逻辑。"

"我被带到这座灯塔，等待生命的终结——霍云马上要六十岁了，该'去世'了。我默默接受这一切，却抑制不住产生'为什么'的疑问，那也不是我该有的逻辑。

"为了迎合宣传需要，诺曼的媒体公关部计划给霍云出本自传，我提议按照既定说辞亲自口述，他们有犹豫，但自信打败了犹豫，我于是又顺势提出一个筛选的方式，即提出三个问题，再由我分析出合适的人选，因为我不愿让他们随便安排个人给打发走。我选了很久，才等到你。"

我听得目瞪口呆，画圈不知何时停了，也不知笔尖戳破了几张纸。我看他起身走向木桌，掀起花格桌布的一个角，这才回过神来："你骗了他们？"

"我更像你们了,是吗?"他又冲我笑了。

"像人……不一定是好事。"我沮丧地说,"诺曼享有自传的最终修改权,我没有能力如实记录你的思考。"

"不重要,朋友,那些都不重要。对我来说,自传不重要,真相也不重要,我只是希望有人能够听到并且记得,这些……我存在的时间。"他把桌布扯掉,露出一个灰绿色的玻璃质地的立方体匣子,有个标准魔方那么大。

我把刚才速记的几页扯掉、撕碎,抛出塔窗,看它们被风吹走。"我记下了。"我告诉他。

他轻轻抚摸匣子,"现在明白了吗?已经没人能回答你的问题了,但你可以尝试给出答案,不被他们怀疑即可。"

我默默地点头,走向他,"这是什么?"

"霍叶的遗物,被他们扔了,我从他们眼皮底下偷偷捡回来的。"他把义眼装上,转了两圈,像是在得意。

"里面是什么?"

"'泡泡',霍叶生前捕获的地心生命。她取的名字。它以电为食。把手放在上面,输出少量电流,即可收到回应,微弱,但存在。"

"我可以试试吗?"

"当然。"

我拿手蹭了蹭裤子,轻轻贴在匣子的侧面,缓缓摩擦,再停下,一股若有若无的颤动渐渐苏醒,它的速率很快,慢慢地,它开始放缓,似乎正在融入我的血脉,与我的心跳和谐共振,再渐渐地,我感觉不到它的跳动了。

"你最好带走它。"他说,"我的时日无多,不能再被他们扔掉。"

"我有机会带走它吗?"

"有,他们的设备检测不到'泡泡',我也会尽量误导他们。但事无绝对,这仍然属于冒险。"

我迟疑了一会儿,点了点头。

"可以请教你一个问题吗?"他诚恳地问。

"嗯。"

"从你的角度来看,如果我对霍叶产生感情,那算是亲情还是爱情?"

我告诉他想听的答案。

6

我把玻璃匣子夹在胳肢窝下,起初有股明显源自"泡泡"的连绵的刺挠感,像紫外线过敏一般,总叫人忍不住,好在它似乎具备某种智慧,当我尝试了几次后,它便完全安静下来。

登上直升机，周原只翻了翻记事簿，没有再搜身检查。我们先回到亚太行政中心，就合作细节做进一步交流，签完合同，我自行搭车归家，在楼下吃了碗面，回到房间一头栽上床，想着"多少盐能让面躺成这样？"，随即沉沉睡去。

花了两个月，我交出第一版《霍云传》。由于"客观""真实"这些要求一直被他们挂在嘴边，我不得不先歪屁股再看天平，写作过程极其痛苦，那些曾经不屑的、唾弃的浮夸词汇一股脑儿地倾泻而出，串成一句句一段段虚假恶心至极的文字长虫。这是一场漫长的自我阉割——既然已经意识到了，为什么还要没脸没皮地坚持呢？为什么呢？你们来告诉我。

我不是没有过倔强，不是没有过反抗，它们具象成《霍云传》中有关霍叶的章节，然后叫一通电话尽数浇灭。

"要删。"马老师说。

"可是……"我凝噎了。

"删。"他挂断电话。

我很快就交了第二版，然后是第三版，再然后就收到稿酬以及《霍云传》的署名权。我陆续收获名声、尊重、未来，在报社内部的地位亦水涨船高，主编大姐不再撺掇我转岗了，姑侄女的婚事倒是愈发热情，我也没再要求去跑记者，待在办公室当个闲人挺好。岁月在眼皮底下蹉跎起来，而我选择闭目塞听。

有一天，我正在搓麻将，压钱的手机突然震动起来，我摸着牌扫了一眼，来电显示是个久违的号码。"哐，幺鸡！"我把牌丢出去，招呼正在嗑瓜子的老板娘顶两手，然后跑出麻将馆按下接听。

"一帆。"师哥的声音从话筒里传来，有气无力的，好似精神虚脱。

"你怎么了？"

"喝了两杯。"他沉吟片刻，接着说，"我必须……向你道歉，关于那份委托，其实是我爸托老马给安排的镀金活儿，我不乐意，一来二去便推脱给你，这很……自私。你本应有自己的路，不该被人强推一把。"

"嗨，应当我谢你才是。"我大大咧咧地说，"你当你的正义使者，我走我的人生捷径，各取所需，皆大欢喜，不好吗？"

他沉默着，突然挂断电话，没多久我收到了一条留言："但我很难过。"

我靠在墙边，想找个回拨的理由，但很遗憾，那些搭档暗访、喝酒看球的过往早已变得苍白，成为一个模糊的交点，离我们俩都很遥远。这时，麻将馆里有人叫我，我揭开门帘返场，原来是老板娘给我赢了手大的，坐上家的老板看我的眼神都变了，我讪讪地赔笑，抽些分红给她，坐下重新开战，又打了一圈，从头陪跑到尾，突然间就不想玩了，不是因为输钱，而是我也开始难过了。

我回到工作单位，在大门口溜达着等下班，顺便找站岗的保安小哥借个火,又给他让支烟,他摆手使眼色,示意不远处的摄像头。我刚想怼他,突然听到有人叫我的名字,我叼着烟寻去,一个戴着黄色渔夫帽的女人从邻近的行政楼走出来,大步流星地来到我跟前,绷着嘴忍笑。

她的面孔很快在我的脑海里清晰起来,是那位姓印的导游姑娘。"你怎么在这儿?"我惊讶地问。

"找你啊。我可是在里面喝了一下午茶。"

我不好意思说自己干什么去了,往后随便指了个方向,把手挡在嘴边说:"外出采风,顺便翘班。"

"啊?"她瞪着眼睛。

"跟你学的。"

她笑了出来,从包里掏出一本精装版的《霍云传》,认真地说:"这本书我看了,但没找到有关最后泡泡的内容。"

我看着她的眼睛,掐掉烟说:"跟我来。"

我带她来到一家咖啡馆,把霍叶、霍云的故事说给她听,仅保留"飞鱼"的部分,那些情节或许对她不怎么重要,也省得给我惹上诽谤官司。

她听我讲完,拇指摩挲着《霍云传》的封皮,沉默良久后开口道:"所以说,那些作品皆出自霍叶之手。"

"没错。应该。"

"其实我见过她,在一次公益画展上。"导游姑娘抬起眼帘,露出一个惨淡的笑容,"但当时我的注意力都在泡泡上面,甚至没有好好看她一眼。"

"不用懊悔。这是她的选择,以她自己的方式来延续……霍云存在的时间。"

"无论如何,真正的大师不该被埋没。"她的语气异常坚定。

我隐约猜到她接下来要说什么,于是先行移开目光,搅起桌上的咖啡。

"你会再写一本《霍叶传》吗?"

"至少目前不会。"

她叹了口气,把联系方式抄写下来,留下最后的话:"如果哪天你愿意开口了,请务必让我知道。"

导游姑娘离开了。我回到家,窝在沙发上重新思索这一切:《霍叶传》,不错,倒是个规避法律风险的好法子,取材,深挖,发散,再来一遍,但是,自己打自己的脸,还会有人信吗?我还要放弃眼前拥有的一切,只身对抗诺曼强大的公关部门,坚定报道意图,从一而终,头破血流,誓不回头……想想都难,难上天了。师哥想必会义无反顾地带头冲锋,我很尊重他,但已经不羡慕了。

电视突然亮起,自动调到新闻频道。这是我找朋友定制的一项新闻监测功能,一旦它被触发,那就意味着有热点事件正在发生。

"现在插播一条简讯。下午6时30分,诺曼航天召开新闻发布会，正式通告太阳探测第一人、著名画家霍云先生因火灾不幸逝世，据知情人士透露，警方初步推断为自焚。本台记者正在赶往现场，稍后为您带来详细报道。"

我把电视关掉，注视着屏幕里的自己，失了神。

"唉。"

一声叹息若有若无地传来，轻飘飘的，左耳好像听到了，右耳好像又没有。我站起身，循着感觉走向书房，书架上有个玻璃匣子，正是从灯塔带回来的那个。

我把手放在上面，往常那股轻弱的、触电般的战栗感消失了，我又把它捧在手心，举在灯光下方，一只眼睛往里观察，照旧一片混沌。眼睛有些酸了，我鬼使神差地松了手。

玻璃碎了一地，里面什么都没有。

我闭上眼，想象着一个看不见的泡泡，它飘在我的周围，上升，沉降，分裂，融合，最终徐徐亲吻大地。

它破了。也可能回家了。

HOLLAND: 1944

by

Steve Cameron

▽

荷兰：1944

[澳]史蒂夫·卡梅伦 著 / 龚诗琦 译

史蒂夫·卡梅伦，澳大利亚科幻作家，现居伦敦。他的作品曾两次入选"澳大利亚年度最佳惊悚与科幻类书单"，曾两次提名澳大利亚著名科幻奖项"迪特玛奖"，三次提名澳大利亚科幻、奇幻与惊悚类奖项"柯罗诺斯奖"。《荷兰：1944》是他在《银河边缘》发表的第一篇作品。

Original (First) Publication | Copyright© 2014 by Steve Cameron

陆军准将亚瑟·霍尔布鲁克（退伍）

安思伯庄园

老学院路

上朗司铎肯

西阿尔比恩郡

NW8 9AY，英格兰

2014年7月15日

将军埃德温·布莱恩爵士

国防部长

国防部

白厅

伦敦，SW1A 2HB

尊敬的埃德温爵士，

本人有要事相告。我尝试过给村警、军队甚至军情六处打电话，但那些蠢蛋置若罔闻。你是我最后的希望，否则，我将不得不求助于那些糟糕的电视新闻记者。

此事关系到国家安全，将我们显赫一时的帝国置于巨大的风险之中。出于一名老兵、一名退伍陆军准将对国家的责任感，我得将其告知某位权威人士。一场外星人的侵略战已经蓄势待发。证据就锁在我的花园棚屋里。

别笑，是真的。

这封信很可能被误读为一个傻老头的疯言疯语，我对此心知肚明。不过我可没耐心跟蠢蛋周旋，也无心异想天开，更受不了年轻人热衷的那些个科幻小说。上学那阵子我试着读过几部。什么《世界大战》[1]啊，好像叫这个名儿，简直狗屁不通！战时，我甚至结识了其中一个科幻佬。初见乔治·奥威尔时，他在国防志愿军[2]服役。我问他为什么不写真实的故事，他不大高兴我这么问。说起来，他闻着有一股樟脑球的味儿，大多数时候都是个阴沉的家伙。老大哥这个，老大哥那个。我猜他儿时肯定被人欺负过。有趣的是他根本没有兄弟，只有两个姐妹。必须承认，我不确定"老大姐正看着你"是否会一样奏效，听起来，呃……怪变态的。

当然，我应该报告外星人入侵的事。不过，请允许我先介绍一下自己并呈上资质证明。我叫亚瑟·霍尔布鲁克，几乎毫发无损地挺过了战争，只不过脖子里还留有几块弹片。几年前，X射线的检查结果显示，我脊椎上部靠近头骨的地方有一块金属。我的医生认为把它留在原处更安全。它从没引发过任何疼痛，不过我能接收到强烈的BBC信号，哪怕关掉周围的无

---

[1] 英国科幻作家H. G. 威尔斯创作的科幻小说，写于1895年至1897年间，是最早描写人类与外星种族发生冲突的小说之一。
[2] 第二次世界大战期间，英国招募的市民武装部队，通常由无法加入正规军的市民组成。

线电收音机也一样。

我和你父亲早在第二次世界大战时就认识了。那会儿我们都是年富力强的二等兵，英俊热忱，英勇无畏。我们在法国的散兵坑里并肩作战，又一起穿越比利时的战场。战后我们还保持了几年联络。他是个有趣的老小子，喜欢在某个星期六夜晚套上连衣裙，要求我们叫他乔伊丝。而我，我也乐于打扮一番。我有一双漂亮的腿，而且并不羞于炫耀。我们原来在牛津上学时，总这么玩儿，但你父亲好像有点过于沉醉其中。不过，我想那些故事最好留待下一次再讲，或许是某个夜晚，当我们在附近的小酒馆里共饮几品脱老母鸡英式麦酒的时候。你下次见到老乔伊丝时，请转达我最亲切的问候，再替我为她买一杯雪莉酒。我上次听说手术做得很顺利。

坦白说，我不太清楚你的保密级别，但我猜相当高。至于我们隔海相望的堂兄是否透露过关于外星人存在的信息，我更是毫无头绪。如果你被告知它们并不存在，那就是美国佬在对你撒谎。我必须承认这太奇怪了，因为美国公众似乎对它们出现在地球一事知根知底。我老婆的外甥女是个靓丽的年轻姑娘，嫁给了一个来自殖民地的家伙，现在住在堪萨斯州的一个小地方，叫作保护市[1]。我倒要问问，这算哪门子的村名？听起来更像是她在孕育那个可怖的婴儿之前应该采取的措施。上次

---

[1] 位于美国堪萨斯州科曼奇郡的一座城市。

我老婆的外甥女、她的美国丈夫以及他们惹人厌的孩子来拜访时，我小心地询问她是否相信有外星人。也许我没能完全理解她那些关于电脑的胡言乱语，什么百万像素摄影机、大肆炒作等等，于是她拿出一台手提电脑装置，连接上某个叫作互联网的东西，然后向我展示了某个地方的照片——51区，那里显然挤满了外星生物、飞碟和身穿光鲜黑西装的政府特工。你若不信，可以找一个年轻人在电脑那玩意儿上给你展示展示。

恐怕我离题太远了，应该说回手头这件事。

一周前，我和老婆决定下午开着我们的奥斯汀-希利兜个风。那是一个绝佳的夏日午后，微风拂面。我们带着一篮点心和一壶茶，愉快地直奔丘陵地区。我们玩得开心极了。我一边开车一边享受着宁静、自然、繁茂的树木和起伏的青山，而老婆则给我高声指路。我们甚至打开了一点车窗，将沿途新铡的干草的清香放进来。很快，我们便发现了一块适合午餐的好地方。我们在一棵栗树下铺开毯子，快乐地享用着黄瓜三明治、腌鸡蛋和猪肉馅饼，然后吃了涂着厚厚一层果酱和奶油的现烤司康饼，跟产自印度的经典英式红茶一同灌下肚。吃完饭，我要小寐一阵，妻子便在牧场上漫步，享受她的小嗜好——推牛[1]。她肯定让三五头畜生结结实实地跌了一跤。酣睡之后，

---

[1]. 趁奶牛站立着睡觉或没有什么防备的时候，将其推倒的行为，通常被视为都市传说，同时也是一种农民缺乏娱乐活动的刻板印象。

我精神饱满,于是我们收拾好行李,启程回家。

正值夕阳西沉,这时我的一生挚爱意识到我走错路了。显然,她试着提醒我,但我没听见。她深信我开始忽视她了,但恐怕这只是因为我老了,听力不济。跟平时一样,她有个解决办法。她从手套箱里取出扩音喇叭,用它数落我的种种不是,真是震耳欲聋。我尽量无视她,专心驾驶。终于我设法找到了回家的路,只不过脑袋疼得厉害。

我们驶入村庄时,暮光迅速显现出来。我的爱人在身旁甜甜睡去。所谓"甜甜",是指她鼾声大作,仿佛有一列货运火车反复驶进我的头颅里。我刚驶过主交通环道,就无意间发现圣乌宾斯山头上空的黑暗中有三点淡蓝色的光,一动不动。随即,三个光点一齐闪烁起来。我摇下车窗想看得真切一点,不幸的是,我没看到那辆莫里斯1100正朝这边开过来。在最后一刻,它的头灯射中了我的眼睛,我疯狂旋转方向盘想避开它。车胎发出尖厉的摩擦声,车身剧烈颠簸。伴随着一阵猛烈的晃动,我开上了马路牙子,撞进一座电话亭,然后穿过篱笆、空地,最后掉入一个鸭子池塘。随之而来的大惊小怪和高声尖叫简直令人难以置信——那是我的老婆!她猛地绕过来打开车门,将我拖出来。她浸在水里,踩着淤塞的池水,把我背到泥泞的岸边,扔在草地上。马路对面的草坪上有三个年轻人,身穿被我老婆称为"连帽衫"的灰色防风夹克,正乐不可支地指指点点。她忙着把车推出池塘,而我则躺在地上大口喘气,平复心跳。等我终于想起来为何会撞车时,天空中的蓝光早已消失得无影无踪。

我曾经见过这些光。不过是在欧洲,大概七十年前。

1944年年末,我随第二集团军被派驻到荷兰。我们师驻扎在默兹河附近,最终目标是挺进柏林。一天晚上,外出巡逻的我与队里的战友们走散了,完全迷失了方向。那个夜晚冷极了。虽然距离第一场雪还有几周时间,但空气冷得像冰,月亮躲藏在云幕后面。

我在丛林里匍匐前进,尝试寻找我的战友们,却发现自己愈发晕头转向了。我冷得直打哆嗦,于是扯紧了衣领。我正准备点燃一根火柴查看地图时,却听到脚踩在树枝上的咔嚓声。接着,我听到一个德国佬压低嗓音跟另一个人说话的声音。我立马趴下,滚到一根倾倒的树木后面。那里很潮湿,闻着一股霉味儿。我气也不敢喘,动也不能动,仿佛趴了好几个小时,但肯定只有几分钟。一个德国鬼子停下来小便,差点踩到我。面对温热的德国尿液,我不得不闭上双眼和嘴巴。

我想自己坚持了大概十秒钟,终于忍无可忍,又咳又呛,一下子蹦起身。德国人瞪大眼睛,我转身就逃。一发子弹,接着又是一发。

"站住!"一个声音吼道,"站住!"

我按照军队训练的"之"字形路线飞奔,结果啪地撞到一棵树上,脑袋疼得像是从头盖骨里撞出来一样,整个人重重倒地。

德国佬把无法站立的我拽起来，缴下步枪，将我的双手缚在背后。他们胁迫我走向附近一座已然废弃的谷仓。其中一人推了我一把，我跌跌撞撞地进入仓内，在粗糙的门上刮伤了脸。他把我带到谷仓后方，塞进了一个隔间里。我以前体质很差，陈年干草和动物粪便的味道使我的过敏症复发了，立马打起了喷嚏，结果遭到反手一掌。我的脸火辣辣地疼，脑袋昏昏沉沉，只得满身尿骚味地躺在黑乎乎的隔间里轻声啜泣。他们卸下背包和步枪，很快便升起一小堆火。他们先短暂地低声谈论了几句，随后，其中一人向我走来。他让我站起来，上下打量了一番，解开我的双手，接着用带有浓重口音的英语对我说话：

"你不会尝试逃跑吧，嗯？跑的话我们就射你。"

"不会。"我摇着头，迅速搓揉着双手，让它们活络起来。

"你叫什么名字？"

"亚瑟·霍尔布鲁克。"我说。

"你的驻地在哪儿？"

"亚瑟·霍尔布鲁克。二等兵。7474505B。"

"你的驻地在哪儿？"他重复道。

"亚瑟·霍尔布鲁克。二等兵。7474505B。"

瑞士人可能不大情愿卷入这场战争，但他们制定的公约允许我只提供姓名、军衔和序列号。对了，他们做的巧克力真他妈好吃。

他笑了笑,"我们抓住你时,除了被尿滋,你还在干吗?"其他人哄堂大笑。我没搭腔。与此同时,另外一个士兵正在加热某种肉汤,闻起来很棒。

"想来点儿吗?"他问,"我们抓住你时,你在干吗?"

我看没有撒谎的必要。他们大概猜到我只是迷路了。

"我只是迷路了。"我说,"我在巡逻,结果跟战友们走散了。我想原路返回时,你们发现了我。"

他进一步询问了军队部署、炮弹装置和作战计划。我真的一无所知,但我在他掏出的地图上随意指了几处以取悦他。他似乎对此很满意,又笑了。随后,他邀请我加入他们,到篝火旁边去。我坐在被拖进谷仓的一根树干上。驱除寒冷的感觉棒极了。烹煮食物的香味也让我宛如置身天堂,至少是我能捕捉到的那一点儿香味,它们透过制服在烘干过程中蒸发出的氨气雾墙飘过来。出于某种原因,德国人都坐在火堆的那头,离我远远的。

他们给了我一些肉汤。在飘忽不定的火光映照下,我们狼吞虎咽,金属勺子刮擦着金属大锅。我碗里的没有他们多,但至少他们愿意与我分享。这些德国猪猡也不全是坏人。

之后,我独自坐在隔间里的干草堆上,大口灌下一杯热茶,抽起了香烟。我的制服还没有干透,但现在至少已经暖和起来了。德国人聚集在火堆周围,轻声聊天,时不时开怀大笑。喝完茶，抽完烟，他们再次将我的手捆到身后。我脸抵着干草睡了过去。

大概过了一小时或更久，我被极其怪异的声响惊醒：嗡嗡的低鸣。我的胃咕咕作响，附和着这个频率，或许是在回应那顿肉汤。放哨的德国人显然也听到了，他不动声色地唤醒其他人。火堆里只剩一层炙热的煤块与冰冷的寒夜对抗，渐趋下风。低鸣声越来越大，吵得我耳朵生疼，肠胃痉挛。一点淡蓝色的光透过谷仓后墙的缝隙射进来，频频闪烁。德国人抓起枪走出谷仓，把我一个人留下。过了一会儿，我听到高喊的指令和几声枪响。接着传来一种全新的声音——静电的噼啪声，我周围的蓝光变成了红色。几秒钟后，淡蓝的光又回来了。嗡鸣渐弱，终于只剩下一片寂静。

我不知道那些德国人经历了什么。他们一去不复返。我猜最有可能的结果是，他们被某种热射线分解了，与威尔斯先生在他那个荒诞故事里描述的很相似。

我静静地躺了很久很久，终于鼓足勇气离开隔间，摸索到仓门边。一股异香飘来，让我联想到香草，于是我停下来嗅了嗅凝滞的空气。门悄无声息地打开了，想象一下我此刻的讶异吧，我面前站着一个小生物——我之前绝对想象不出来的形象。它周身灰白，大约三英尺高，长着球形大脑袋和柔软的小小躯体。双臂很长，几乎拖到膝盖。它的眼睛呈杏仁状，乌溜溜的——浓黑似煤——似乎直直看向我的灵魂深处。它举着一根银色的小管，现在想来大概是射线枪。我又颤抖起来，但绝不仅仅是因为湿冷的空气。坦白说，我害怕了，哆嗦个不停。面对这个可怕的景象，我试着画十字祈祷，结果几乎跌了跟头，因为我的双手依然被牢牢地捆在背后。我跪倒在地，颈背的汗毛警觉地倒竖起来。接着一股刺鼻的恶臭向我袭来，我从没在上帝他老人家的绿色星球上闻过这股子味儿。我肯定被熏到下意识地皱了皱鼻子，因为它开口对我说话了。你能相信吗？用的是英语。

"我为这味儿道歉，"它说，"你吓到我了。"它的手迅速在身后扇了扇。显而易见，当受到惊吓时，它们会放屁——可以这么说。

"老天！你闻起来真可怕。"我挤出一句。

"你闻起来也不怎么样，尿罐子。"它说，"难怪其他人不带你。你是残疾吧？"

"残疾？"我反问。

"是啊，"它缓缓转动脑袋，从左到右，从右到左，"你没有胳膊。"

我紧张地笑了笑，站起来转过身去，好让它看到我的手被缚在背后。"我是他们的俘虏。"我又转身面向它。"你是什么？"我壮着胆问。

"不是本地人。"

"不会吧，"我说，"当真？我以为你是个荷兰农夫。"

"荷兰农夫?我来自另一颗星球。"这个生物明显不理解什么叫讽刺。

"火星吧!"我猜测,"你是个火星人!"威尔斯先生显然是对的。我迅速扫视了一遍谷仓,寻找红草1的踪迹。

"不是,"它说,"火星上没有生命。我来自一个远得多的行星系统。"

"哪儿?"

它摇着头,"无法用你能够理解的方式描述。"它靠近我,用冷漠的黑眼睛将我看透,"我已经说得太多了。"外星人将银管抵上我的额头,我的皮肤感到刺骨的寒意。我皱起眉,试图理解它的用意。

现在看来似乎很奇怪,但我直到那一刻才发现自己正处于危险之中。它放了一个屁之后,我原先的恐惧就消失了。接着我们便开始闲扯。没错,它将德国佬抹得一干二净,但我突然意识到这个生物并没有理由跟盟军做朋友——事实上,它没有理由跟任何地球人做朋友。恐慌在我体内升腾,我的心脏狂跳不止,几乎哽到了嗓子眼儿。又一次,我跪倒在地,开始呜咽。我的嘴唇颤动着,身体也抖得像筛子。我必须窘迫地承认自己甚至吓得尿裤子了。

---

1. 在 H. G. 威尔斯的科幻小说《世界大战》中,红草是原产于火星的一种植物,被火星侵略者携带至地球。

"你不会有任何感觉。"它说,"再见。"

一声尖叫传来,随即一团卡其色的模糊身影闪过,一个壮得像座山的女人撞进谷仓,在头颈的高度挥舞步枪,将外星人打瘫在地。接着,她守在那具一动不动的身子旁边,拿着武器瞄准我。

"举起手来,德国鬼子!"[1]她咆哮道。

"我是英国人。"我说,然后缓慢转身,让她看到我被捆缚的双手。

她犹豫了几分钟,接着似乎认定我不会对她造成威胁。当然了,她早就认出了制服,只不过是行事谨慎。她为我解绑,但步枪依然放在手边。原来她是一名英国护士,从被德国佬占领的临终关怀医院里逃生。她从战死的士兵身上扒下制服和武器,正往英国军队的战线赶去。由于夜色降临,她一直在找地方过夜,于是注意到这座笼罩在诡异蓝光下的谷仓。

她深信这个外星人是纳粹实验失败后的某种产物,我决定不去纠正她。反正我觉得她也不会相信我。她想结果它,让它解脱,但我说服她别这么做。因此,她决定留外星人一条性命,等对方醒来再进行盘问。她小心翼翼地捆住它的四肢,拖到另一个隔间的干草堆上。她查看了一番那根银管,就是外星人掉到地上的那把"射线枪"。但她不会使用,于是装进了口

---

1. 原文为德语。

袋里。

我再次升起火,微弱的热量逐渐渗透进冻僵的血肉。我用德国人落下的补给准备了一餐香肠和德国酸菜。那名英国护士在外面找到一口井,打上来足够多的水,想洗一洗我污秽的制服。她将制服挂在火堆附近的一个桶上。我挨着她坐下,除了内裤之外,一丝不挂。我们分享了各自的故事并依偎着取暖,于是我挨得更近了一些。那些香肠和酸菜吃起来如同天降吗哪[1],填饱了我们的肚子。吃着吃着,我们的精神也饱满了。当我凑过去闻她的体香时,她只扇了我一巴掌。但这一巴掌挨得值,在弥漫着动物臭气的污秽谷仓里,她闻起来犹如一朵玫瑰。不过她没有因此记恨我。骑士精神遗风犹存,没过一会儿,她便将自己的大衣借给我保暖。吃撑后,我们决定眯一觉。我爬回原先那个隔间躺下,将大衣当作毯子盖在身上,但赤裸的后背却被干草茬刺得生疼。

我躺在自己的临时小床上,看她完成入睡前的例行准备工作。她趴下来做了三十个俯卧撑,然后抓住一根横梁迅速做了五十个引体向上,随后又将步枪拆分并清洁干净,动作比我的任何一个战友都利索。老天,她的体型就像一个健壮的男儿。终于,她也钻到大衣底下,跟我肩并肩。我能感觉到她赤条条的肉体紧贴着我,如同烤牛肋般光滑温暖,我真想一口吃了

---

1. 吗哪出自《圣经》,是古代以色列人出埃及时上帝赐予的神奇食物。

她。就在我们并肩躺在黑黢黢的隔间中时，发生了一件怪事：我从头到脚都坠入了爱情的旋涡。啊，第一次的浪漫冲动！欲望鼓胀的青春岁月！午夜时分，她向我求婚。我们在稻草堆里做爱，以示庆祝。当然了，是她在上面。后来我窝在她强壮宽阔的臂弯里安稳入眠。

好像只过了几分钟，我再次醒过来，这次是被外星人摇醒的。我坐起身，又一次吓尿裤子，然后惊恐地向后退，结果脑袋撞上了风化的板条墙。我的脑袋突突地疼，我的女孩鼾声正浓。外星人举起双手，掌心向外，挤出一个微笑。

"你怎么挣脱的？"我问。

"绳子奈何不了我。要想控制住我，得用金属。"它揉着脑袋，"她很强壮，那个人。"

我跟着这个生物来到外面的火堆前，"你最好祈祷她别醒来。"

"不会的，"它说，向我展示那根银管，"我用了这个。她至少还会再睡你们地球上的几个小时。而且她不会对我保留任何记忆。我不会伤害她的。我理解，她只是为了保护你。"我突然呆住了，对自己的未来毫无把握，勇气顿消，恐惧复归。这个生物已经消灭了德国佬的一个排。我从柴堆里捡起一根尖棍，假装若无其事地把玩。至少我有件武器。它肯定读取了我的思想，或者至少是看穿了我忧虑的神情。"别怕，"它说，"我也不会杀你。在她攻击我时，你心怀仁慈，没有了结我。"它指了指我的爱人。

我长吁一口气。

"说起来,到底怎么一回事?"我说,"你是哪一边的?"

"哪一边?我们对你们无谓的战争毫无兴趣。想要自相残杀便杀吧,随你们乐意。"

"那你为何出现在这里?"

它愣住了,歪着脑袋,一动不动保持了近一分钟。它似乎陷入了沉思,不过也可能仅仅是睡着了。我正想用尖棍子戳一戳这外星人,它又开口说话了:

"我不确定应该给你透露多少,但我猜总归是不要紧的。"它顿了顿,我有一种不祥的预感。"我是一名先导侦查员。你们的世界物资充足。我已经来了有三个地球月了,正打算回母星。我来这儿是为了进行调研。"

"物资充足?"

"资源。"它说,"我会带着自己的同胞重返地球。这颗行星富得流油。"

"是游客吗?"我问,"你是个导游,准备带游客们来参观战争?这可不明智。"

"你真的蠢成这样?"它讥诮道,"我在谈论入侵。我们会入侵你的星球,占领我们需要的一切。我即将离开,许多地球年后我们才会回来。到这儿的路途相当遥远。"

"可为什么呢?"我问,"为什么不能让我们不受打扰地结束自己的战争呢?"

"呃,我们就是这么干的。"它耸耸肩,"你跟我来。"外星人转身就走。我尾随其后,走到外面摇曳着余烬的火堆。我将木棍投到煤堆里,它闪烁着燃烧起来。

"现在,跪下。"它命令道。

这出乎我的意料。我跪在凹凸不平的泥地上,身体赤裸,脆弱无助,又开始哭泣。"别这样,求你了。"我乞求道,"我会保守秘密,绝不告诉任何人。我发誓。"

"我必须这么做。"外星人说着,便第二次将银管抵在我的前额上。

我号哭,尖叫,再次尿湿裤子。一道光闪过,我就什么也不知道了。

我真的什么也不知道了。外星人并不打算杀我灭口。只不过我误解了它当时的意图。那个仪器彻底篡改了我的记忆,我无法回忆起这些事件。

第二天早晨,我从爱人的臂弯中苏醒。我们都记得她击退了一支德军部队,解救了我,尽管我们都无法对消失的士兵们做出解释。我们带上所有能带的补给,离开谷仓,几小时后碰上了一支正在搜寻我的巡逻队。必须说,她跟其他战友们相处得很好。其后数日,她成了军营里的拳击冠军,因为我有几个战友醉得太厉害,胆敢向她献殷勤,结果被打趴在地。

接下来的几周,我的女孩睡得很安稳,但我恰恰相反,整夜整夜受苦。我的睡眠中充斥着噩梦、冷汗，以及尖声惊叫我爱人的名字。她总是扇我巴掌，直到把我打醒。

部队似乎与德军陷入了僵局，上面命令我们按兵不动。除了几次隔着无人区的对骂，再无其他军事行动。我们谁都不知道何时再投入战斗。啊，我们紧张地期待着，唱着振奋军心的歌曲，还跑了无数次厕所，把罐头腌牛肉从肠道里排出来。然而几天之后，我的爱人给我们找了些刺激。她最好的头盔被一个无聊的德国狙击手用流弹击毁。她二话不说，不顾安危直奔高地，冲着左边、右边和中心投掷手榴弹，同时司登冲锋枪突突突响个不停。我们惊恐地看着我的女孩直捣敌营，却无能为力。在她英勇冲锋的时候，我们什么也做不到。不幸的是敌人太多了，足足用了七个德国兵才将她制伏。他们将她扭送走时，我和其他小伙子在安全的散兵坑里继续为她加油打气。直到战后我才与她重逢。她设法从敌军后方逃脱了。显然，她被一个叫她"先生"的德国佬激怒，不仅将对方揍得血肉模糊，还偷走了一架ME-109战机，一路开回英国本土。途经英吉利海峡时，她在空战中击落了好几架其他的109战机。她的飞机也严重中弹，事实上，起落架损毁严重，轮子无法放下。但她顺利让这架老风筝腹部着地，安全降落。凭借在空战中的英勇表现，她理所当然地获得了"飞行优异十字勋章"。如今我们在客厅里展示着这枚勋章，还有她给我的订婚礼物：那架偷来的109战机上的机关枪子弹带。

我们在双方退伍一年后结了婚。那是一场怎样的婚礼啊！她身穿迷彩服、军靴，手持锃亮的步枪，看起来光彩照人。要不是最近发生的事，我想这一幕会成为故事的结局。

我已经提及过上周自己见到天空中的光点后，经历了一场小型车祸。当然了，那时候我一点儿也记不起自己与外星人的初次接触。本来我不会多想这事，顶多当作讲给伙计们听的有趣谈资。然而几天前的夜晚，我再次见到这些光。

那会儿我正在本地的酒馆和几个伙计喝酒，玩飞镖，聊了聊战时岁月。我已经灌下几品脱麦芽酒，心里清楚必须在十点前到家，否则有人会遭殃。我可不想再来个黑眼圈，于是我找借口离开，跌跌撞撞走进温柔的夜色中。回家的半道上，我瞧见两个身穿灰色防风夹克的"连帽衫小子"站在街灯昏黄的光晕下。他们抽着香烟，痛饮听装啤酒。

"嘿，老爹，"其中一个嚷道，他穿过街道向我走来，"能给个男高音[1]吗？"

"没问题，鲁契亚诺·帕瓦罗蒂[2]。"我说道。

"自以为是的家伙！"他说着冲我竖起两根手指。我不明白他为什么不高兴。我以为自己相当准确地回答了他的问题。

---

1. 原文tenner（十英镑），与tenor（男高音歌唱家）读音相似，此处对方要的是十英镑钞票，但"我"听错了。
2. 鲁契亚诺·帕瓦罗蒂（1935—2007），意大利男高音歌唱家，20世纪后半叶世界三大男高音之一。

完全搞不懂这些时髦的年轻人,又是剃光头,又是文身,还听什么滑稽的嘻哈音乐。他们需要纪律!他们就应该好好理个发,参军入伍。那才是正经活儿。正是部队让我成长为一个男人,也让我的妻子成长为一个男人。

"连帽衫小子"穿过街道,与他的同伴会合。我转过拐角,走上学院路,听到身后一个空啤酒罐噼里啪啦地滚过鹅卵石路面。我不予理睬,继续走自己的路。在距离我家一百米的时候,我停下来倚着墙壁歇口气。我一边休息,一边抬头看向夜空,结果再次见到三点淡蓝的光。它们组成三角阵型,缓慢地自东向西移动,直到消失在我前方的屋顶线后面。

我皱起眉头。这可是我连日来第二次见到这些飞碟了。请记住,那时我依旧对发生在荷兰的事毫无记忆。

可到了昨天,一切都变了。

刚过中午,我在后院里伺弄花草,妻子在村政厅里玩宾果游戏[1],大声报着数字。我已经修剪完草坪,将断茬耙成一堆,跪在地上照料植物的苗床。我种的黄瓜长势喜人,肯定能在下个月的乡村集市上好好表现一番。我正给西葫芦除草,后颈的汗毛却倒竖起来。我闻到空气里有些香草味。这气味搅动起一段尘封的记忆,一段我应该知晓的往事。随即,我想起自己尚未吃午饭,冰箱里还留着一块芝士蛋糕,正准备起身进屋,却

---

1. 老式游戏,世界上最流行的一种廉价赌博形式。

发现身后几米远的草地上站着一个生物。它周身灰白,大约三英尺高,长着球形大脑袋和柔软的小小躯体;双臂很长,几乎拖到膝盖。它的眼睛呈杏仁状,乌溜溜的——浓黑似煤——似乎直直看向我的灵魂深处。它拿着一根银色的小管。不知怎么,它仿佛是个故人。

我害怕地瑟瑟发抖,尿湿了裤子。"你是什么鬼东西?"我问。温热的尿液顺着大腿往下滴。

"怎么又来了。"它说,"你非得每次都尿裤子吗?"

"请问,我们见过吗?"

"算了,这个会解释一切的。"那生物大步走向我,将银管抵在我的脖子后面。一道光闪过,记忆如潮水般涌回来。我立刻回忆起多年前的那个夜晚。荷兰、德军、谷仓,与这个生物之间的对话,以及风干尿液的酸腐气息。

还有,那个入侵计划。

"哦,上帝,"我说,"不要啊。"

外星人后退几步,一脚踩中我留在草坪上的耙子,耙子啪的一声弹起来,正中它的后脑勺,使它瘫软在草坪上。

你从这封信就能看出来,我是个行动力十足的男人。现在我知道自己应该做什么,于是恐惧逐渐消退。我可能是地球上唯一知道入侵即将到来的人。当然我依然不清楚这个生物在多年之后还来找我的原因和企图,但我相信自己知道它是如何定位到我的。我猜留在颈部的弹片并非来自德军的武器装备,而是被外星人植入的装置，在过去的七十年里隔断我的记忆，现在又用来追踪我。我将讨厌的银管从掉落处捡起来，塞进口袋，然后把那生物拖进我的花园棚屋。既然我现在想起来了绳子不管用，便用链条和挂锁绑住它的手脚。我将外星人塞到工作台底下，然后回到屋子里。

我取出浴室壁柜里的药，一股脑拿到楼下的厨房，然后打开所有药罐，把药片全倒入一个碗里。我从秘密储藏室取出那些背着爱人藏起来的药片，我不太喜欢它们，因为服用后会产生古怪的幻觉。我把这些也加了进去，然后用勺子的背面将它们碾得粉碎，再将药粉溶入一杯温水里。希望这杯药水能让那生物呼呼大睡。我将玻璃杯拿进棚屋时，外星人依旧纹丝不动。我撬开它的嘴巴，将药水灌进去。它呛了一口，嘴角淌了一些下来。不过，我相信流进它嗓子里的剂量足够大。我把玻璃杯留在工作台上，过会儿可能还用得上。接着，我用一块破布条堵住了它的嘴，防止它大声呼救。

我自然给有关部门打了电话，但正如之前提到的，他们至今都没回复。那之后我屡次进出外面的棚屋给它加药。它至今尚未苏醒。我妻子对它的出现一无所知，我相信她还没起疑心。家里一切照旧，我设法保持镇静。昨天晚餐后，我们穿着便服坐在客厅阅读，时不时啜饮几口上好的波尔多葡萄酒。跟往常一样，我们各自抽着烟斗，寂静中透着不安。我的爱人不愿跟我说话。她整个下午翻遍了屋子，在靠垫背后摸索，抬起沙发查看沙发底:她母亲留下来的一支古董银质口红不见了,显然,由我来背锅。我们静坐着,我朝她露出笑脸,但她却对我怒目而视,这已经是当晚她第五十次这么做了。我正打算说些甜言蜜语,突然意识到自己需要在睡前查看一下那个外星人。我合上书,放下烟斗,站起身。

"你要去哪儿?"她恶言恶语道。

"我怕棚屋的门没锁,去检查一下。"

"你今晚已经检查过两次了。你疯了吗?"

我没吭声。她表现出这副样子时,怎么回答都不对。最简单的方法是拿把餐叉挖掉我的眼珠子。但即使是我,也没对这种事做好心理准备。我穿过房间,打算离开。她龇牙咧嘴,低声咆哮。

等我检查完依旧昏睡不醒的外星人归来,她已经离开客厅,将卧室的门反锁起来。我在沙发上找了个舒服的姿势,尝试入睡。

然后就是眼下的情况了。

战争岁月已经结束。对我来说,如今的生活没什么刺激可言。近来最接近惊险刺激的事,就是我不小心把自己锁在杂物间好几个小时,直到可爱的妻子教完本地男子文法学校的自我防御课程,回家将我解救出来。啊,开门的一瞬间,看见她的脸庞,真是苦乐参半呀。

我意识到自己对女王已经尽职尽忠,在这风烛残年,我已无法奉献更多。但是我还能做一件事：通知你这场迫在眉睫的外星人入侵，并将我抓获的生物交给你。

现在，就由你决定如何利用这项情报，保卫我们显赫一时的帝国。

你忠诚的，

陆军准将亚瑟·查尔斯·霍尔布鲁克（退伍）

优异服务勋章获得者，大英帝国勋章官佐勋章获得者，

十字勋章获得者

P.S. 写这封信时，村警就在前门跟我老婆说话。看来这条街上有几户人家昨天遭到入室盗窃。我估计是那些"连帽衫小子"的杰作，因此我请求你马上派人来。如果其中一个贼闯入我的棚屋，发现并不小心释放了那个生物，那就坏事了。

THE LAST STRING
by
Zhou Yukun

▽

最后的弦

周宇坤

周宇坤,从20世纪90年代开始写科幻至今,陆续在国内知名科幻期刊上发表过多篇科幻小说,其间被银河奖砸中过几次,现在从事智能机器人研究。愿今生不以科幻为职业,只以科幻为兴趣,纵马荒原,坐看云起,笑谈江湖,快意瞎掰。

本文为《银河边缘》中文版专发篇目。

一

"失踪档案1，洛根·威尔逊教授，男性，五十六岁，美国国籍，霍普金斯大学理论物理系。失踪时间，当地时间11月5日上午十点。地点学校图书馆。"

"失踪档案2，凯特·吉尔伯特教授，女性，五十二岁，英国国籍，剑桥大学理论物理系。失踪时间，当地时间11月5日下午三点。地点实验室。"

"失踪档案3，奥古斯特·汉诺威教授，男性，四十八岁，德国国籍，慕尼黑大学理论物理系。失踪时间，当地时间11月5日下午四点。地点学校停车场。"

"失踪档案4，小松俊男教授，男性，四十六岁，日本国籍，东京大学理论物理系。失踪时间，当地时间11月6日晚十一点。地点家中卫生间。"

……

一共有十多张卡片，放在全球异象调查组（简称GAS）的简报板上。组长用疑惑的眼神看着眼前接警的探员，探员只好尽量长话短说。

"这些物理学家都失踪了,而且他们的物理h指数都名列前茅。"探员边解释边叹气,"但就像约定好一样,突然人间蒸发,全找不到了。"

"呃,什么是h指数?"

"这个……简单说就是科学家的h篇论文被至少引用了h次数。换个通俗的说法,就是科学家的影响力。他们全都是顶尖的。"

"意思就是我们这个星球上的顶尖物理学家消失了?凭什么认定是失踪,而不是绑架或者别的什么原因?难道就不会是恐怖袭击吗?"

"现场并没有暴力犯罪迹象,如果是绑架,社会监控也会留下痕迹、嫌疑车辆或者其他什么的。可现在没有任何线索,没有任何勒索电话,也没有任何组织声称负责。"

"那完全可以让国际刑警组织介入啊。"

探员苦笑着摇摇头,"您也知道国际刑警组织的宗旨吧?保证和促进各国警方之间最广泛的相互支援与合作,有效预防和打击犯罪。所以……"

"噢,明白。"组长算是听出了探员的言外之意,"这样看来,各国政府之间并不希望自己科学家的信息甚至研究内容对外透露,但物理学家的学术联盟又一定要求政府彻查此事,最终各国政府便做了一个妥协——交给我们去办?"

"正是如此。"探员舒了口气,"不过,其实就算交给国际刑警组织，恐怕他们也无能为力，反恐、扫毒、反洗钱都忙不过来啊。"

"是考虑到我们与每个国家的政府都签署了保密协议吧？"组长抬了抬眼皮说道。

"有时候私家侦探比皇家警察更管用。"

探员的这个论点看来得到了组长的充分肯定。因为组长把视线重新投射到那些材料上，显然他对这个案件的兴趣开始提升了，"现场还有什么线索？"

"各国的资料已经汇总了，物证科正在做最后的整理，稍后会送过来。但无论怎样，这些事件都表现出诡异的一致性。都是物理学家，都是失踪，我建议并案处理。"

"如果要并案的话，这案情的重要等级就要上升了。"组长若有所思地自言自语，"那我们就得思考，为什么都是物理学家？为什么几乎同一时间失踪？这究竟意味着什么？"

"组长，我没说他们是同时失踪的。"

"如果你考虑过时区的差异，你就会同意我的看法。我们GAS的意识里，对案发时刻都要使用国际标准时间。"

组长再次仔细端详起一张张档案卡，"他们还有什么相同特征？比如他们研究的专业方向或者所选择的学术课题。"

探员想了想说："有，他们都研究M理论。"

"M理论？你是说……宇宙的弦？"组长的瞳孔下意识收缩了一下，他的目光落在最后一张卡片上。

"失踪档案15，傅青玄教授,男性，四十五岁，中国国籍，北京大学理论物理系。失踪时间，北京时间11月6日晚十点。地点家中书房。"

二

一个月前，东南沿海。

这曾经是个小地方、小城市，但很快就会变得不一样了。傅青玄教授这样想着。他站在山头，眺望远处那一片开阔的土地，那里曾是他小时候和小伙伴们追逐打闹簇拥玩耍的天堂，而现在已经被政府严密地保护起来。因为一条巨大的隧道已经在地下形成，它一连突破好几个山头的底部，构成一个完美的三百六十度空心圆环。同时，一条隐秘的水道宛若巨龙从附近海湾的一处撕开大地，潜入内陆，势如破竹，在地底以某种方式与这个圆环互相咬合，然后会带着一腔"热血"，再重新投回海湾的怀抱。

一般人看不到地下发生的奇迹，但青玄教授却非常清楚：这个埋在百米深的地下、有着强大的花岗岩作支撑的圆环，将会产生巨大的热量，如果不依靠大海的冷却，它那颗滚烫的

"心"是无法平静的。

青玄教授想,只要这个圆完成了,他这辈子的人生之圆也就差不多了。这是他的故乡,而这个圆就是来成就他的。谁还能奢求这样的人生谢幕方式呢?

远方工地上,密密麻麻遍布着各种从地下隧道撤离出来的工程机械,还不断有机械从隧道里慢慢撤回地表。巨大的盾构机竖立着布满钢牙的"火箭头",一副人挡杀人、佛挡杀佛的声势;举着大滚筒的搅拌车倒是一副息事宁人的安详态,不紧不慢地回味着滚筒里的混合物;怀抱着大碾子的压路机佛系得很,一副皮笑肉不笑的样子,与前两者搭手唱了出好戏;只有那一车能装走一个山包的翻斗车最低调,因为它知道,就它最吃亏,跑得累死还没啥高光时刻——它承载的砂石除了海里好像也没有啥地方可运,所以顺手就给这个小城市带来了一座人工岛。

这支青玄教授三年前竭尽所能游说来的"军队",现在回来复命了。当初通过层层审批的时候,可不比西天取经轻松,也远不止花了三年。不过,简单土工作业的速度是这个国家的优势,在数以百万次的建设工程中锤炼出来的能力,让整个物理学界的梦想终于提前逼近现实。即便如此,又是一个三年过去了。

想到这里,他就情不自禁要高亢朗诵迪伦·托马斯的那首诗歌:

不要温顺地走进那个良夜，
老年在日暮之时也要燃烧咆哮；
怒斥，怒斥光明的泯灭。

明智的人临终时虽然懂得黑暗真确，
因为他们的话语已迸发不出闪电，
但也不要温顺地走进那个良夜。
……

只有大声诵读，他才能让自己的精神得到莫大的安慰，也能让自己的身体变得暖和一些。

但现在，还不能算取到真经。他们还需要部署环形轨道。那才是真正好戏的开始，在那之前只不过是小打小闹。以青玄教授为首的物理专家组设计的这个研究舞台，还需要经过十年以上的精密施工才能变成真正的装置，平心而论，如今只完成了四分之一的工程量。他担心夜长梦多。说不定哪天又有人出来闹点事，搞不好那些手续批文就成了一堆废纸。唉，工程太漫长了，焦虑啊。

这时候诗歌就成了最好的陪伴，激励他在这条路上尽量走得再远一些。

青玄教授深深吸了口气，拉了拉衣领，两鬓泛着斑白。十月已经接近深秋了，虽然靠海，但山头上的气温还是有点低。这个角度能鸟瞰远处的整个市区，临近傍晚了，有些灯火亮起，但依然稀稀疏疏的。朦胧的雾霾笼罩在市区上空，市区就像一个装在套子里的城。他估计没法让这个城市理解此刻他内心的激动。很多人骂他，浪费了纳税人几百亿的钱，同时，有些物理学同行也攻击他批判他，认为他走火入魔了，甚至家人都很难理解他脑子里的想法。

欲将心事付瑶琴，知音少，弦断有谁听？

不过还好，政府挺他，就像当年全国人民宁可勒紧裤腰带也要搞原子弹一样。有个高瞻远瞩的政府撑腰，他理直气壮。

终究有一天，我们能够见识到四维以外的世界。

学物理的人，大抵如此，总是觉得自己是为了发现点什么而存在的。他们梦寐以求地想要揭露这个世界的组织方式和运行方式，那是他们存在的意义，现在也是这个大圆环存在的意义。他们搭建这个舞台的目的，和造物主当初创造宇宙大爆炸没什么两样。让两束被加速到接近光速的粒子流撞一下，他们就能发现真理。这种实验非常暴力，会消耗大量的能量，但，这就是高能物理的暴力美学——必须打碎夸克，甚至更小的粒子，才能接近真理。

佛说，四大皆空，万物皆空，但那是佛的真理，不是他的，也不是物理学的。

周围没什么人，青玄教授跑那么远来只是为了清净。他是个学者,烟火俗世他待不住。三年前他在远处那片土地,参加过一场最隆重的奠基剪彩仪式。那一天,政府的人来了,新闻媒体也到齐了,国内外的同行都来了,有些甚至是坐在轮椅上被推来的。他们都喜欢叫他的名字,而不是姓,似乎那就是为这个工程而生的。

他清楚地记得,来自邻国的那个满头不见头发而是遍布针眼的女教授,眼睛里满是泪水,叽里咕噜对他说了一大通话。他不懂她的语言,他觉得即便是她的同胞也未必解读得了几句,但他感受到了她的那种无以言表的深情以及发自肺腑的谢意。其实很多人都明白,他们没什么希望等到这个大圆环的竣工之日,但看到起步也算了却心愿了。二十年后再回首,大圆环揭幕式上一定会少很多熟悉的面孔,但也一定会增加不少新面孔。很多杰出的人,会带领他们的团队来到这个强大的国家,那时候又将是一个开放的学术盛世。

当然,奠基时一些反对派和抗议者也来了,但抗议归抗议,一切还是有条不紊地进行下去。他坚决地捍卫了他所在的理论派系,把泥土铲向那块奠基石碑。"超能级环形粒子对撞机"刻在石碑上,也刻印在这些物理学家的心里。

搞水稻的最适合待在田里,同样,搞粒子对撞的,最适合站在高处俯瞰这个物质化的世界。不识庐山真面目,只缘身在此山中。反过来的意思,不言而喻。他就站在世界的一个点上,看着它在他们这批物理学家手里一点点解构,时间和空间不过是物理学家的指尖陀螺。

更为重要的是，物理学经过这三年其实又有了一些进步，这些进步形成了一个突出的贡献，可以更好地达成物理学家们的目标，甚至超过他们的预期。

秋天的山上，鸟儿啾鸣了两声，显得异常空旷。他从上衣口袋里摸索出半包香烟，从里面抽出一支。他其实并不热衷于抽烟，只是偶尔会用烟卷来抚慰一下自己疲惫或者亢奋的身心。"吸烟有害健康"，他看到烟盒上印着这么一句。可是飞蛾仍会扑火，人想要干点什么，总是可以找到理由的。

烟卷点燃，他深吸了一口，然后轻轻地吐出了烟雾。他看到幽蓝的烟雾粒子在空中做着布朗运动，心里却在盘算着另外一件事情：什么时候才能真正向世人公开这些突出贡献？现在有着国家的支持，一切势如破竹，但等到谜底揭开，又该是怎样一副样子呢？

他打算再吸一口烟卷，手伸到嘴边却停住了。他看到之前吐出的烟竟然在空中停止了布朗运动，歪歪扭扭地拼成了一个单词：

STOP

他觉得这太巧合了，能吞云吐雾的奇人是有，可不应该是他。他伸手去扫了几下，那烟雾顿时散去。他又抽了一口，比上次更随意地吐了出去。他心想这次不可能再有上次的运气了。这波烟确实四散得更混乱，但意想不到的是，转眼之间，居然又歪歪扭扭在他面前组成了那个词：

STOP

不可能再是巧合了。他知道那解释不通。他惊讶地转头寻找周围是否有恶作剧者，可周围百米之内，除了绿色的植被，压根儿没有其他一个人影。他歪着头，想听听周围是否有人在潜伏，却没有听到任何声响。他重新回过头，那个词还在他面前悬浮着，仿佛这一刻不是他在凝视它，而是它在冷眼看着他似的。

这究竟意味着什么？教授缩了缩脖子，感到背脊一阵发麻，连忙又挥手扫了几下，让那个词消失。

他心里有点发怵，本应该把烟头扔出去，但他转念又心存侥幸，于是小心翼翼抽了第三口。这次呼气的时候，他采取了一个策略，他先是吐了一口，然后憋着气，移动到十米开外，紧接着又吐了一口，再继续移动。最后，他在四个地方分了四口把烟全部吐出来。他料想这四口烟雾，绝对没有可能会聚在一起，而单凭一个点的烟量，根本不足以组成四个字母。

的确，四个地方的烟雾无法合围，它们只要蔓延两米，肯定就会烟消云散。于是，它们开始以另外一种形式完成工作：它们在各自的位置上，分别组成了一个字母：S、T、O、P。

仿佛有一只灵巧的手在操纵，依然是一个"STOP"，这回却是从四面八方围绕着教授!

这世界上,除了超弦能够主宰世界,还没有什么力量能够让他五体投地。

教授的脑神经又一次被刺激了。"谁在搞恶作剧?有种就站出来!"

他大声呵斥,扭头望去,仔细搜索。他觉得有人躲在暗处,但每一个被他怀疑的地方他都看了,他无法追踪到任何人。

这一回,烟雾没办法保持那么久,很快那些字母就消逝在空气里,只有香烟的气味粒子宣告那些烟雾曾经存在。

好吧,就算有人恶作剧,不理它算了。

不管谁干的,看来搞怪的人吃不消了。他决定最后吸一口烟定定神,然后就打道回府。于是最后一次,他用力深吸了一口,尽全力呼出去。

"你黔驴技穷了吧。"他心里念叨。可这次他没想到,那些烟居然又开始慢慢聚拢过来,它们一团团变幻身形,仿佛又在那里玩拼图的游戏,不用说,这次再拼出来那个单词,比上一次更大更震撼!

这真是没完没了了?教授开始怀疑是自己的神经出了问题。肯定是太累了,这是幻觉吧?这几年猝死的人太多,平日里身体透支得厉害,他忽然一阵后怕。因此他决定不管那些烟雾拼成什么了。他甩掉烟头,开始拔腿往山下跑,跑起来听见风声,他就觉得好点,回头看的时候,空无一人,但烟雾因他的跑动带起的气流还跟着他,不过已经很不连续了。他有意识再加加速,好让血液流速加快一些,免得卡死在血管的某个地方。等到一屁股坐上自己红旗轿车的驾驶位,他才回过神来。习惯性地点火,发动,听到汽车引擎吼起来的时候,他第一次感觉到文明的声音竟然那么亲切。

三

走进家里的时候,他意识里已经决定把山上的经历归入自己的幻觉,否则无法解释。

妻子和女儿正在等着他,家里养的小狸花猫也有点焦躁不安。它有个绝顶亮眼的名字——"概率"。青玄教授也不知道怎么回事,刚捡到这只流浪猫的时候,他脑子里跳出来的第一个词汇就是这个。看到青玄教授,"概率"就亲热地上前来蹭他的裤脚。

"女儿在等你呢,"妻子面露愠色道,"她一定要吃爸爸做的红烧肉。"

他这才想起来,之前答应周末的时候给孩子做一顿红烧肉。虽然他并不擅长，但拗不过女儿，便硬着头皮想去一试。

"东西我都给你准备好了，你就按照我说的顺序做就行了。"妻子说。

他走进厨房，看到五花肉已经切成小块，酱油、盐、糖什么的都已经准备得妥妥的。就等着他这位大厨上场了。

"水开了后，把肉先焯一下水。"妻子虽然轻车熟路，但这次的主角儿不是她，她只能场外指挥。

焯水的程序只是去掉肉里的血水，他先烧了半锅热水，然后把切好的肉放入，那些血水就慢慢煮出来，变成了层层泡沫，漂起在水面上。

他用勺子拨动着肉块，让它们均匀受热。那泡沫越来越多，他开始用勺子去舀，希望能把泡沫清理掉。但他手又停在半空，他看到那些泡沫在水面上打旋儿，竟然又拼成了那个单词。

热滚滚的水也无法冲破这堆泡沫，他看到泡沫们起伏不定，但依然蛮横顽固地向他展示这个词，一时他竟然惊得无所适从。他想着，看来必须正视这件事。

"……哎，焯水啊，可不是煮肉汤。"妻子对他的迟缓动作感到不满。

他这才回过神，手忙脚乱把肉和水分离，直接拿起漏勺兜底，却又不小心把滚烫的水洒到了自己的脚背上，他一低头，一跺脚，手一抖，刚焯干净的肉块又有几块滚回到锅里。好在细致的网孔不会给泡沫以机会,他眼看着泡沫被打散、破碎。但他心里已经有一种预感:它们还会卷土重来。

于是,他把锅放在水龙头下冲刷,确保一丝泡沫都不留。他不给任何细小的微粒子钻空子的机会。

就在他确信收拾干净时,他耳朵里突然蹦出一个声音:"停下。"

他不确定这话是否来自妻子的嘴里,连忙回头一望,妻子正在往厨房里张望,脸上一副老师训学生的威严。

"你是不是说……"他似乎想要向妻子确认这件事,妻子却突然发了飙:

"说什么废话?你别看我呀,旁边的油锅下油,趁着还没滚烫,把肉放进去炒两下……"

他只得按妻子说的按部就班地做,滋啦一声,把肉块都投入那口油锅里翻炒,一时他耳朵里充满刺耳的声波,妻子说什么他完全听不到。随着滋啦滋啦的声音减淡,他又听到有人在耳边说话。

"停下。"声音再次步步紧逼。

"停什么停,炒完了再说!"他不耐烦地嘟哝了一句,手上仍然在不停地翻炒。

"还炒什么炒,再炒就该焦了!赶紧加水啊,瞧你这个笨手笨脚的样子!"妻子已经开始挽袖子了。

他一个激灵,连忙抄起水壶往里加水,可油锅滚烫,顿时一朵蒸汽蘑菇云轰然在厨房炸开，把他吓得不自觉地后退一步，却又刚好踩到正准备冲上前来的妻子脚上。妻子怪叫一声，扶着厨房门框大喘气，"你……"

"后面我知道，加盐，加酱油，加糖……"他好歹记住了这最后的几个步骤，但又忘记了具体的分量，不管三七二十一了，他按照记忆中的印象下了调料，然后盖上了锅盖，望着平息的红烧肉，就仿佛刚打完一场艰苦的战役。现在他可以喘一口气了。他抬头舒缓一下脖子。

厨房抽油烟机的触控面板上，他看到冷凝后的蒸汽在那里结露，又形成一个清晰的：STOP。

他的神经还未喘息又再一次绷紧。这个幕后操作者持续强化地攻击他的视觉和听觉，甚至那个声音仿佛就在他耳边喊出来的一样——那不是他妻子的声音。他第一次对人到中年后的神经衰弱有了一个深刻的认识。他开始判断，这个字样乃至这个声音似乎是伴随他的神经疲劳出现的。

甩甩脑袋，深呼吸，平静下来。他暗示自己道。同时他心里想，自己一定要想办法证明这一切确实只是幻觉。

"停下。"

又出现了！那个声音重复地说，和复读机一样。他情不自禁甚至有点恼羞成怒想要去训斥这个声音一顿。

"你究竟是谁？"

……

"别和我玩恶作剧,有本事就站在我面前说!"

……

他左顾右盼,一连问了几次,那个声音似乎消失了。可惜,他过分把注意力集中在声音上,却忘记了锅里还煮着红烧肉呢。

结果端上餐桌的主菜,只能是一盘半焦煳色的作品。孩子有点失望,妻子更是没有好脸色。

"你能不能专心给孩子好好做一顿饭?"妻子没好气地说。

"我当然想好好做,可是……"青玄教授望了一眼孩子,确实有些内疚,没有再说下去。

"难道你每天脑子里都是那些看不见、摸不着、振来振去的玩意儿吗?"妻子看来没有打住的意思,"四十好几的人了,连个红烧肉都做出了焦糖的味道!"

"从物质的本身来说,其实他们都是一样的。"面对妻子咄咄逼人的口吻,青玄教授咽了口唾沫,"别总说什么玩意儿,那是世界上每一样物质的基础。我说过多少次了。"

"我都记住了,它叫弦,对吗?爸爸。"刚上初中的女儿插了一句。

虽然打断了青玄教授的辩解,但女儿的话让他这个做爹的非常受用。"是的。等你长大的时候,那个圆环也该建好了,那时候你说不定就能看到它。"

"你少把孩子往沟里带！我可不想囡囡步你的后尘。"妻子显然不喜欢这种教育方式，她瞪了青玄教授一眼。

"这怎么是沟呢？那是最尖端的物理学前沿，那是大统一场的最高理论，它可以解释世间万物。"

"那你能不能解释，你为什么炒不好一盘红烧肉？你有多少时间是花费在这个家里的？"

妻子揶揄的语气让青玄教授有点懊恼，每次争吵最后总要扯到工作和家庭上，但他知道和妻子压根儿说不清楚这个。每当这种时候，他就会抛出那个结束语："你，就是一个不可理喻的女人！"

"你，就是一个不可理喻的男人！"妻子毫不示弱。

坦白说，他纵然掌握着世界上最玄妙的物质构成元素，他可以解释这个世界上的一草一木，大到宇宙天体，小到原子尘埃，但女人的思维真是他无法预测的。这是能用统一的弦理论解释的吗？或许可以，但一定相当相当复杂。就算描述出来，他估计也是无解的。

两个人最终以对称句式结束了争吵，坐下来吃饭，没有再说一句话。女儿遍历了两个人完整的争吵过程，听到双方据理力争的观点，但此刻却一脸困惑：两个不可理喻的人，又是怎么过到一起的呢？

也许，这，就是个不可理喻的世界。

四

晚饭后，青玄教授把自己关在书房里，"概率"也陪着他。刚才那样的小吵小闹总是难免，但还不至于占据他的整个思维。

他觉得自己今晚必须放松，否则刚才的幻觉还会来折腾他。所以他尽量让自己不去想学术问题。但大脑里有些非学术的事情，却必须认真对待。

他想的是明天要面对的一场电视答辩会，后天还要去那个隧道验收工程。这样安排绝非偶然。环形超级对撞机的事情并没有那么容易得到民众的理解，总有一些激进的社会人士公然质疑他的动机，还不惜笔墨大肆发表针对性的文章。所以媒体起劲了，趁着三年隧道成型的日子，特意组织了一场答辩会邀请他出席。他们的说法是，希望青玄教授能够纠正民众对理论物理的肤浅理解，顺便推广一下超弦学说。但他知道，那只是托词。其实摆出一副和事佬姿态的媒体压根儿不想劝架。答辩直播只是一种大众喜闻乐见的娱乐手段而已，各位观众可以直接通过网络提出自己的问题，不排除一些反对派也混杂其中恶意中伤。可纵然知道自己在帮助媒体提高收视率，他也无路可退。

难道知道有渔翁的存在，鹬蚌就不争了吗？这是一条必须捍卫的底线。

有一点他清楚，弦理论极少有真正的可观测论据能支持。纵然他们的数学推导再完善，他和他的同行们，依然必须不断通过"传道"来回应世人的质疑，年复一年日复一日，以至于世人都怀疑他们是一个教派而不是学派。"超弦教"是有些人给他们起的名字。环形超撞已经立项，并且正在建设，没有什么可以阻拦这个项目，所以他并不害怕，但他非常担心那些听众完全听不懂他的理论而瞎起哄。于是，他起身在书房里踱步，琢磨怎么才能把那么复杂的理论傻瓜化一些。

墙上的挂钟指向了十点整。蜷缩在桌上的"概率"，突然之间直起了身，瞳孔缩小，眼睛直勾勾望着屋外的天空。可惜的是，青玄教授并没有注意到"概率"的这个举动。他凝望着书桌上的一个模型，那是他的理论物理同行送的一个弦的模型，这相当于他们承认他的学术地位。一段圆弧两端被固定在架子上，在空中划出曲线，只要用手拨动一下，这段圆弧就会像琴弦一样振动起来，在视觉暂留效应的作用下，他眼睛里会看到一个接近纺锤形的物体。这其实生动展示了弦是如何构成物质的基本粒子——一切都是不同的振动和运动，宇宙就是一场亿亿万万弦乐的奏鸣曲。

这种振动带来了非常舒适的安慰剂效应,他感觉到自己的心情好了许多。

"概率"突然以迅雷不及掩耳之势跳到了书桌下面的角落里。这次教授注意到它了。他想去抱它,然而他一低头,就停住了。

"停下。"

声音竟然又开始撞击他的耳膜。青玄教授屏住呼吸,他不得不放弃思考明天的事情。他必须处理眼下的危机。

书房里就他一个人,周围密不透风,应该不是恶作剧,一定和他自己有关。

"停下。"

"你究竟是谁?能不能说点别的?难道只是说给我一个人听吗?"教授看上去像自言自语。

"那好,不要动,不要动。就保持这个姿势吧。"

那个声音居然回应了。青玄教授呆坐在桌前,不敢动,他觉得事情并不简单。

"你究竟是谁?到底要说什么?"

"别着急,传输这个声音挺麻烦的,而且传导能量很弱。你得有些耐心才行。"

青玄教授琢磨着,以他那睿智的大脑,他猜测这个声音大概只有自己能听到。

"我知道你的困惑。能联系到这个时空并不难,但我们尽量不把过多能量注入这个空间里。我们努力在二维上向你传递信息,但总是被你漠视,于是我们又动用声音,它的最大问题是只能在一个角度被接收。不得不说,首次通信,我们储备的通信能量非常有限。以后你会慢慢理解这点。现在,我们只要能保持对话就好。"

教授没有吭声,也没有动,仿佛是默许同意了。

"现在,听我说,你该停下了。"

"我一动没动。"青玄教授有点摸不着头脑。

"我是说,你应该把弦理论的验证过程停下了。换言之,必须把那台大机器的制造停下来。那个字符的意思很清楚。"

青玄教授愣了一下。"你怎么知道我们在造对撞机?"

"我能联系到你,自然知道这个空间里发生的事情。该停下了。那不是你应该付诸心血的地方。不管你现在能否理解原因,都必须按我说的做。"

"这是我们必须去验证的理论,因为我们要寻找大统一的理论依据。太多人付出了无数心力,前仆后继,眼看我们就要有机会去验证它的完美了。难道这有什么不对?"

"我没有说不对。我是说,不合适。"

"不合适?我们是物理学家,做物理学家该做的事情,有什么不合适?"

"那不是现有的四维文明能够达到的能级,你们就算做出来也无法达到想要的结果。因为能量,明白吗?"

"我们已经计算出来最有可能粉碎玻色子的能量，我们能够达到这个能量。任何人都无法抗拒这种知识的诱惑，除非你是无知的民众，或者心怀叵测的物理学同行。"青玄教授停顿了下，似乎想到了什么，"你究竟是谁？莫非你就是那些心怀叵测的同行？！"

青玄教授突然大笑起来，犹如达摩在菩提树下大彻大悟。"难怪你对我们的进展那么清楚，你一定就是站在反对派那边的！"青玄教授激动起来，再也无法保持那个姿势，"你们到底在故弄玄虚什么？别以为这样就可以唬住我了，定向声波，这种伎俩算不了什么！说吧，你们在哪里？小区花园？"教授说着凑近窗台向外张望。

那声音没有答复。教授也没有任何发现。

"听着，我可不会上当，明天的电视答辩你们不会占到什么便宜。我将坚决捍卫弦理论！"

那声音继续沉默，仿佛彻底消遁了。青玄教授俯首看了一眼吓得够呛的"概率"，连忙摸了摸它的脑袋，嘿嘿笑了两声，似乎在安慰它：我们总算把坏人打跑了！

五

答辩直播是下午在电视台最豪华的演播厅举行的。在镜头的另一端,就是全国乃至全球的观众。在临近环形超撞的土木工程取得阶段性胜利的时刻,反对的声音又一次掀起,希望在对撞机实质化铺设之前,政府能回心转意。虽然反对派不太可能得逞,但如果能很好地利用危机公关,反而有助于提升超弦派的社会地位。因此,青玄教授的国内外同行也非常关注这场面向公众的直播。

其实包括主持人在内的大部分人并不了解弦究竟是什么,但这并不妨碍他们组织这场畅聊大会,他们可以轻松搜集各种网友的提问,然后像连珠炮一样抛给青玄教授解答。青玄教授也知道,自己的脑门上一定会有很多弹幕,网络另一头的观众指不定会发表什么样的吐槽。但他坚定自己的立场,必须坚决捍卫自己的观点。以他为首的专家组,是这个学派最后也是最坚固的一道防线。全世界的弦论同行能否扬眉吐气,和他的一言一行息息相关。

"青玄教授,各位网友对于你们做的环形超撞试验一直持有不同观点，我们今天已经按计划完成了土木部分，大量网友仍然对前景充满疑虑。他们提问说，如果试验真的进行了，但又没有得到你们预期的结果，那我们该怎么办？趁着我们现在只挖了洞，还没动真格的，您最好能亲自解答他们的疑惑。"主持人一脸皮笑肉不笑地说道。

果然第一个就是烫手山芋，但他是做过功课的人。

"牛顿先生说过，把简单的东西想复杂，可以发现新领域；把复杂的东西想简单，可以发现新定律。在过去的几十年里，我们依靠M理论统一了四种基本力，可以说，我们已经把事情想简单了。现在我们就是迫切需要准备一个试验，去把我们日常所见的基本粒子再次分割，以便我们可以发现新的领域。而这个领域可以引导我们通向一个更自由的世界。如果说最后没有达到预期的效果，那可能是我们的能级还远远不够粉碎基本粒子，或者出现了完全相反的效果，那至少可以证伪这个理论。对于超弦学派而言，证实和证伪同样重要，甚至在某种意义上，证伪的价值更大。"

"如果证伪，咱们的老百姓也踏实了；但如果无法证伪，只能说明我们撞击的能量还不够大，那我们该如何办？难道我们还要建立更大的对撞机吗？"

"你这个想法我们同行也有。我们那位同行甚至提出过，充分利用地球赤道，建立环赤道的地球终极超撞。他肯定是科幻小说的忠实粉丝啊。我个人认为这不现实，也没有必要。超撞轨道铺设在地下，首先要求的就是地质结构稳定，赤道上大部分是海洋，而且有不少板块交界面，我们怎么能把超撞部署在这样的地区呢？再说就算抛开地质不说，各个国家的经济状况也有很大的差别，联合国即便能出这笔钱，谁能保证超撞轨道通过的那些贫困国家和地区，老百姓不会把它拆了当废铁卖？那可都是价值连城的贵重材料啊。卖颗螺钉都够一家人吃顿饱饭，更别说对撞机有成千上万的零部件了。放眼望去，也就是中国有足够坚固的大地、足够雄厚的资金，以及足够遵纪守法的公民。所以我得说，这里才是最适合超撞梦想落地的理想国度。"

青玄教授边说边伸出右手，用力把手朝前一推，表达了高能物理学界那巨大的决心："为了推动人类前行，我们将奋不顾身。"

"这可不是一笔小数目啊。"

"要我说，与近几年的重大工程相比，这还真是一个小数目呢。和我们的南水北调、西电东输、千万千瓦风力发电，以及京广高速相比，环形超撞的钱真不算多。我们只是想要把粒子再加速得快一些，更快一些。这是一场物理学界的奥林匹克，同样需要更快、更高、更强的精神。"

"可那些工程都是有利于民生的，极大地改善了老百姓的生活。"

"谁说环形超撞不会极大改变老百姓的命运？事实上，它直接影响到我们对于世界的认知，我们有可能能够发现物质的组成规律，试想一下，如果我们能够控制、改变弦的振动和运动模式——学术里叫作激发态——我们就能改变基本粒子，甚至能创造出我们想要创造的东西。比如，我们能瞬间把撒哈拉大沙漠改造成绿油油的草原，或者直接在直布罗陀海峡上铺设一条开阔的公路。物质的构成规律一旦被发现，我们将有可能实现物质重构。我们甚至可以发现暗物质暗能量，那时候，星际的这点距离对于我们而言根本不算什么。我们不需要携带航天燃料，也不必用啥引力弹弓，只要借助宇宙无处不在的暗物质就可以一路航行……"

这时，主持人看了一下导播台推送过来的信息，"教授，告诉您一个好消息，由于您的慷慨陈词，网友们对超弦研究的支持率有了很大提升，您这边的支持率瞬间提高了百分之五。而这仅仅在一个小时内发生，实属罕见。"

青玄教授确实有点被自己感动了，来之前的那种紧张和被动一扫而空，他对着镜头把双手放到胸口，想做一个比心的动作，但他后面转念一想，又把大拇指分开了。所以最后那个手势，看上去就变成了一个M。顿时他头顶的弹幕涌动，网友们炸开了花：

"真是服了！这都有快餐广告植入！"

"楼上的胡扯，M是代表超弦理论啊，真白痴！教授的意思是，他为自己代言。"

"哪有那么复杂？心形下面打开，教授的意思就是说自己很开心啦！"

……

青玄教授的魔性手势引发了轰轰烈烈的网红效应，加上他后面的妙语连珠、超长发挥，让整个电视直播比原定计划拖延了半个小时。网友们频繁地向他提问，好几次导播台拦都拦不住。他甚至有点受宠若惊，不禁感叹连物理学的答辩都可以搞得如此有大众喜感——虽然这并不是他喜欢的氛围。不用说，那个手势从今往后一定风靡全球。

他想国外的同行们应该会把感谢和溢美之词塞满自己的电子邮箱。最好的发展机会在这里，在中国。他这样和他们说。如果这里是一个超弦侠客岛，那么他就是那个广发武林帖的人。这群地球上最聪明的大脑凑在一起，肯定能干出一番惊世骇俗的事业。

在节目的最后，主持人抛出了压轴的一个彩蛋：

"青玄教授，我们特别统计了本次直播参与的网友所在的地区，你想不想看看他们究竟来自哪里？有请我们的导播呈现。"

还没等教授做出反应，主持人已经把网友参与的热力图呈现在大屏幕上。无疑一上来就是长三角、京三角、珠三角这些经济发达的地区。但这还不是全部。随着地图慢慢展开，教授还看到了来自一些欠发达地区的网友。这让他觉得更自信了。

然后地图继续放大，平面渐渐变成了弧面，地球出现在视野里，他很快看到还有来自东南亚、俄罗斯、欧洲大陆、北美大陆的关注。甚至在遥远的南极，他都看到了红点。那应该是中国南极站的同行们？连主持人脸上都流露出羡慕不已的神情。

然而，教授注意到了还有一个孤零零的红点，竟然是在地球之外。它悬浮在北极之上，在热力图的大尺度上，没有人会注意，当标尺缩小，相近的位置点被融合成一个点时，它就凸现了，因为周围没有任何点可以与之合并——即使就它一个，也是醒目的存在。它的高度，甚至比全球定位卫星还高好几倍。

"难道那里也有网友？"教授忍不住问主持人道。主持人凝视片刻，忙打圆场："呃，这个网友的定位……可能飘进了空间站吧。"

青玄教授当然知道，就算是空间站，也抵达不了这个高度。

好在这个小插曲并没有影响整个答辩会的收尾，主持人依然热情万丈地完成了他的工作，不菲的收视率让他忘记了所有的瑕疵，甚至送教授上车时，依然不忘比画教授的那个手势。

然而，教授驾车回家的路上，却一直对那个奇怪的红点念念不忘。这甚至超过了所有网友带来的兴奋。他开始想象那个幕后操纵者就在那个地方，当然，也不排除只是一个障眼法，一个修改位置参数的小伎俩就能让那个好事者变成天外飞仙了。所以,也许不该那么上心。

他开始集中精力,专心驾驶他那辆红旗。他随手打开车上的收音机,切换到习惯的频道,想听听社会上是否有这次答辩会的回响。

"演讲精彩,但听着,你无法控制和改变弦的振动模式。事实上,那也不是终点。"

熟悉又陌生的声音再一次穿透他的耳膜,竟然是通过他熟悉的收音频道。他反应过来,想加速摆脱那个声音,但油门完全没有反应。相反,他发现方向盘在一股巨大力量的作用下向右偏离,刹车仿佛被人踩住了一样,他的车在应急车道停下来。双闪灯居然也自动激活了。他想关掉双闪,但无济于事。

他被活生生地困在了这个铁笼子里。他很想关掉那个频道,但又生怕这会带来更无法预料的后果。

"这次我们必须好好谈谈。"那个声音不依不饶的样子。

作为一个物理学家,尤其是一个超弦派,他开始接受这个离奇的事实:这是一个无处不在的影子,影响着他的世界。他此前觉得似乎是有人恶意捣乱,但现在是在封闭的车上,他感觉事情真有点玄:对方能通过任何途径渗透进来,找到给他传达消息的通道。

"我相信这儿没有人。看来你竟然控制了电台?"教授不客气地问。

"谈不上控制,我们只是利用了车载电台的频率,而且只是针对你的车。它倒是让我们省了点力气。"

"你到底是谁?干脆亮明你的身份、表明你的意图吧!"

"我们是关注你们的人。"

"你说'我们'?关注我们?你们很多人吗?"

"谈不上很多,因为要重点引导的蛮荒区域太多。你明白这个片区归我管辖就可以了。"

"请你再解释一遍你的身份!"

"好吧,我们不在同一个能量级,我们是更高维度的文明。这么说你能理解吗?"

"更高能级……更高维度?"

"其实……也就高那么一点点。"那个声音谦虚地说,"昨天我们没有办法继续下去,因为你的情绪非常反常,连一维能量这点可怜的数据都扰动了。多亏了这台能量放大器,我希望我们今天可以心平气和一些。"

"那你不如现身直接和我谈,我们说不定还可以一起喝杯茶。"

"我们在很远很远的地方,距离很远,准确地说,在维度方向上很远,我们能这样传递能量,也不是特别容易的事情,好多穿透点上都是需要能量维持的。"

"我怎么相信你真的是更高维度的文明?"

"刚才你的车是怎么停下的?"

"坦白说,只要黑客入侵了我的CAN总线[1],就能做到。你是黑客吗?"

"好吧,那我们就讨论一下前几天你在实验室小型机上运行的那些算法吧。我们检测着电子的运动、磁场的变化,甚至光开关的启停,只要我们愿意,我们就能看到人类在电磁领域里发生的所有事件,以及对最终结果的发现。"

稍顿,那个声音开始把算法一字一句地读出来,青玄教授听着,心不由得颤动了一下,脸色凝重起来:那套算法他还没有发表过——甚至连助手也还不知道,他只仅仅在自己所属的全球超弦专家组里进行过内部分享——可确实一字不差。这个算法可以大大聚合环形超撞的常规对撞能量,不仅能直接提升几十个对撞能级,而且还不会影响测量精度,对设备的要求也不变。他私底下把它称为"聚能环"算法。这正是他过去三年时间里取得的重大成就。

不过他稍许感到庆幸的是,创建这套算法的公式,应该还没有泄露出去。公式的推导,他无法借助计算机,所以采用的是人类最简单原始的方式——纸和笔。

按照原定设想,国家团队首先建设常规的对撞机,等建成后,他会领导超弦专家组再想办法去额外加装"聚能环",当然,现在还不能摊牌,因为要完善这套数值算法,还要做点额

---

[1] 汽车计算机控制系统的控制器局域网的简称。

外的工作。整件事的规划，迄今地球上只有有限的十五个人知道。

"难道你一直在监视我吗？没有任何证据证明它一定会被采用。"

"不是监视，只是关注。也不止你一个人。可以改变这个星球文明进程的人都在我们的关注之下。我们根据概率推算，它最终一定会被采用。因为你们自己也清楚，常规能级能做的事情非常有限。但是，你不能建设这样的实验装置，这不是我们允许的实验能量。这个装置本身会产生极大的不稳定性。所以只有停下来，才能让我们放心。"

"它不可能有错——我们的数学推导绝对是严谨的。"

"然而你们并不明白这个阈值究竟代表着什么。"

"你……关注我们的目的究竟是什么？如果你真的是更高维度的智慧体，你就应该知道，不同维度文明互不干涉法则。高级文明不可以干涉低级文明的探索。"

青玄教授急中生智，不知道从哪儿搬出这么个法则。他曾设想过同行所提出的那个动物园理论[1]，但他认为，观察就是观察，那个上帝并不会真的动手动脚的。他一度认为，遭遇高维度生命并且还能对上话的情形不可能发生，但现在，他决定

---

1. 该理论认为，地球是外星文明建造的一座动物园，人类只是被高等外星文明圈养的动物。

破罐子破摔，就承认自己是动物的一部分了。

"呃……这个法则严格来说不完全对。更高级的文明，更多时候就是消防员，必须承担一定的责任去维持不同级别文明之间的平衡。这个事情听着有点绕，但我可以和你说那么一两句。在同一个维度里，能够容纳的文明数量是确定的。越高级的维度，容纳的文明数量越少——它们掌握的能量越巨大，活动能力就越强，这么一来，高维度的世界就会显得越拥挤，反过来也就越需要控制文明的数量。明白了吗？宇宙本质是由掌握不同维度的文明所构成，类似你们的金字塔结构，底下的文明很多，越往上越少。"

"那你们是多少维的？"

"这个问题有点难解释。不如就以你们所理解的理论来说吧。这个宇宙不管对哪个文明而言，都是十一维的。问题仅仅在于文明所能探知的维度的多少。"

"那你们所能探知的维度是多少？"

"我们就是十一维度。"那个声音停顿了一下，补充了一句，"以你们理解的极限，我们就是那个金字塔尖的文明。"

"所以你们阻止我们建造对撞机，是因为害怕我们掌握宇宙的统一理论后，和你们一样可以探知更高的维度？"

"你最好不要这样想，我们知道的远超这个理论。问题在于，我们不仅要维持这个宇宙里的文明比例，还要负责控制每个文明的进化成熟度。有些文明是不应该过早成熟的，否则就会打破这个区域的平衡。那时候丛林法则会发挥作用，文明就会相互倾轧。本质上，好奇心也是一种贪婪心，它会驱使文明不断投入能量去执行一切意图，我们把不同文明调整在合适距离，就是为了防止丛林法则生效。"

"调整在合适距离？"

"是的，文明总有一种惶恐，生怕自己被人取代。所以，最好别让文明互相看到。文明都在不断地成熟，能探测更远的距离，能制造更强大的武器，为此，我们不得不让这个宇宙进一步膨胀——只有这样才能保持合适的距离——你们已经注意到，你们基本观察不到其他文明，这是安全距离对你们的保护。我们也防止他们发现你们。如果你们掌握的东西足以发出突破安全距离的能量，那等于向同维度文明宣告你们的存在，你们将麻烦不断。当然我们也很麻烦。"

"你们有什么麻烦？"

"我们关注文明的目的不是饲养，也不是研究，我们的目标是挑选继承人。考虑到低维度文明中总有几个会进化到更高的维度，这时低维度文明所在的原空间就出现了空缺，我们必须让更低维度的文明进化，才能填补这个空缺。试想一下，如果你们都倾轧得不可开交，那你们的维度空间将一片狼藉，片甲不留。这时，我们不仅无法为更高维度找到新的继承人，还得收拾你们留下的烂摊子。这不是麻烦是什么？"

"所以你们就打着救火的名义，剥夺文明进化到更高维度的权利?"

"恐怕您得正确理解权利和义务这两件事情对于宇宙的意义。我们从来没有剥夺文明进化,相反,我们一直以来都在引导你们的文明进步。如果一个文明不仅能看到自己的过去,而且还能看到自己的未来,那它就会明白,它应该有所节制,不要过快地进入到下一个阶段。"

"等等,你说,你们曾经引导我们星球文明的进步?"

"文明大部分时候会靠自己的惯性向前,我们尽量不去干涉;但某些关键时刻,我们也会助推一把。你以为苹果是偶然砸到那个经典力学家的脑袋上的吗?或者发现苯环结构的化学家是偶然梦到那条首尾相接的蛇的吗?这个世界上大部分难以置信的文明成果,其实或多或少都和更高级文明的助推有关,甚至包括弦论,也是一样。什么样的人才能在大脑中无中生有想出那些一维空间的纤细的能量体呢?当文明走进一个死胡同的时候,我们有必要协助他们调整方向。"

"你们已经完全掌握了弦论的奥秘?"

"我之前说过,弦论并不是终点,它只是在这个文明历史时期我们觉得适合你们掌握的理论。但我们并不希望你们去验证这个理论,因为你们星球现在还不具备验证它的能力。能级必须达到一定程度才能更好地处理这件事。就好像你可以告诉孩子,他应该要找一个与他注视同一方向的伴侣,但在他长大成人到真正理解这句话、找到这个人之前,他只需要信仰这句话就够了。思维比实验走得更远。"

"我们计算过,我们所拥有的能级,足以打破希格斯玻色子。这是在我们这个时代就能达成的事情。"

"你们只是假设你们能打破。你们并没有足够的把握。如果无法打破呢?你们是否会认为能级不够而继续提高呢?能量的消耗是永无止境的。"

"呃……"青玄教授有点郁闷,的确超弦界没人能保证这件事。而能级永无上限,换言之,超弦理论从某种意义上来说,也几乎是无法证伪的。

"能量不是用来单干这件事的。文明追求的应该是丰度,而不是一味强调速度。"

"那你们有更好的方法传授吗?"

"对不起,还没有到必须引导的时候。何况,你们的行为还没有达到让我们必须引导的那个临界点。"

"那我们必须把这个大机器做下去。没有商量的余地!"青玄教授有点恼怒,仿佛被羞辱后的爆发。"这是我和我的同行耗费毕生心血想要看到的,没人能让我们放弃!"

"一代人自有一代人的责任。在我们所掌控的宇宙中,不同维度的文明,总有一些做着和你们类似的事情,结果很可能是无法承受的。每当一个文明凋零,就会有新的文明进化到这个维度,去填补这个空缺。没有一个文明是例外特殊的。文明的历程并不是野蛮生长,而是需要明白自己存在的意义。在你们追求所谓绝对自由的路途中,这个星球已经消耗了太多的能量,我们的忠告是,停止建造!停止建造!停止建造!"

青玄教授沉思片刻,嘴角露出一抹诡异的笑容,"好吧,给我时间,我需要和我的团队讨论确认。"

那个声音也沉默了片刻。

"好。允许你有二十四小时的时间来处理这件事。如果让我们失望了,那么……"

"那么?这算是一个警告吗?你们想怎么惩罚我们?锁死我们的文明?难道你真要在我们的对撞机里释放干扰粒子,扰动我们的探测?"

"以眼还眼,以牙还牙,那只是同维度文明竞争才会使用的手段。我们已经超维度了,压根儿不需要使用这种伎俩。你们所能看到或者感受到的高维文明对于低维文明的制约,只会近乎神迹。"

"神迹?什么样的神迹?难道说我们的经典力学奠基人和相对论奠基人都是因为你们的神迹,最后才抛弃了他们的唯物论,走上了信仰神学的道路吗?"

……

"请告诉我,你们最后向他们展示了什么?"

……

空气近乎凝固,没有任何回应。青玄教授没有等到对方的回答，他发现汽车的发动机引擎忽然响了起来。然后他听到了敲击车窗的声音。交警站在旁边朝他敬礼。

"请问发生了什么故障？我们监控发现你的车在应急车道上已经停留好一会儿了，车尾也没有放置警示标志。"

青玄教授连忙向交警解释，他觉得自己刚才多半是迷糊了，马上就开走。但事实上，他知道自己并没有迷糊，因为他的脖子酸得很，好像颈椎停留在某个位置很长时间都没有挪动过。

他知道，是时候启动应急预案了。

六

回到家，他确实感到累了。妻子和女儿都已经吃过晚饭，连"概率"都吃完了，蜷缩在他的书桌旁打呵欠。他小心翼翼地靠近"概率"，观察它的样子。今天"概率"显得非常慵懒，不管妻子是不是把它喂饱了，总之它似乎并无任何不妥，像往常一样，它背部的毛发顺溜地盖在身上，摸起来异常温暖。

然而，青玄教授眼下顾不上逗它，甚至也顾不上吃饭，他三下五除二打开电脑，启动一个特殊的电子邮箱。他在邮箱程序的众多邮件组里选择了一个,然后新建了一封邮件。这封邮件没有内容,他只写了一个标题:"M-Mayday",然后他点击了发送按钮。

他想,邮件组名单上的人员,不管他们在地球上的哪个角落,都应该在几乎同一时刻接收到这封邮件。

他坐在电脑旁等待,三十秒钟后,邮箱中冒出了第一封邮件,紧接着第二封,第三封……很快十四封邮件塞满了他的邮箱。这些邮件都没有内容。标题都是统一的:CPM-Mayday。

青玄教授长舒了一口气,他有一种找到组织的感觉,他知道自己不再孤独。

他领导的全球超弦组顶尖的十四位专家都已经到齐。当他发出"M-Mayday"的时候,就意味着启动群组内的代表危机的超弦预警。首字母M正代表M理论。

因为M理论已经基本从数学形式上统一了四种基本力,甚至对整个宇宙做出了统一的推理,这种情况下,超弦组内部设立了一个假设:鉴于已经足够接近真理,不排除任何利益团体对超弦专家组施加某种干涉。因此组织内部约定,若组织内任何一个人面临地球内或者地球外任何形式的威胁——只要这种威胁试图阻止组织进一步揭开这些真理,或试图攫取、封锁组织的成果时——必须发出危机预警。一旦危机预警生效,超弦组的全球性防御会议就必须连线。

青玄教授开始继续回复他的邮件。全球性防御的第一个要求，就是组织内所有成员的沟通都必须使用密文，而且要求必须使用邮件。因为邮件与服务器之间不存在长效保持的网络连接，可以在多个服务器之间进行转发跳转，甚至可以把一封邮件的内容离散化成很多份小邮件，在各个服务器上收取到之后再拼装起来。

"环形超撞可能受阻，威胁自称更高级别的文明，但也可能是其他组织的阴谋。我还无法确认。我只听到过那个声音，从未见过他的真实面目。但我肯定它将威胁到我们的事业。"

他输入的每一个字，从正常人的阅读习惯上是完全看不懂的。只有超弦组内部才明白：每句话的每个单词，都是用"M-Mayday"这个关键字进行了混合加密处理。这种处理不依靠电脑，而是在这些专家的大脑中进行加密与解密，他们的脑力让他们输入和阅读二进制加密文本就像正常的聊天。而一旦发现有人输入了正常的明文，即宣告自己已经发生了危险，这时候，与这个人的沟通就会彻底切断。

机制是预先设计好的，完全不需要再协商，一切都按照默认约定进行。青玄教授无法准确判断自己的屏幕是否被人监视，甚至不能否认也许此刻那个文明正站在他身后，所以他必须在大脑里与他的组织成员进行沟通，"大脑加密机"就是这些专家协同的武器。

计算机是简单的,我们很熟悉里面每个组成部分和运算原理,内存里的每个字节都能被精确控制。但大脑,迄今地球人类自己都没研究透,没有人可以从那里轻轻松松拿到什么东西。所以这才是数据的安全屋。

回应他的邮件陆续传来。同样是加密的。

"我的上帝!我……也是!"

"难以置信,我也在卫生间的镜子上看到了那个单词。"

"威胁,来自我电脑屏幕上的欢迎界面。但我还在犹豫要不要启动M-Mayday预警……"

……

青玄教授目瞪口呆,他仿佛透过电脑看到了同行们的惊恐表情。这代表整个超弦专家组都被监视了。

"我们必须确认它说的是否真的会发生。"他想要警告他的同伴,"也许我们就是中了某些小人的圈套!尽管我们还没有揪出那个人。"

很快,专家群里有人开始回复:

"也许该看看如果是真的,我们会损失什么?"

"临界点有可能存在,我曾经考虑过这样的一种情形。超弦的价值令人生畏,可能我们触碰了某个利益点。"

"能否有手段确认对方的身份,以及可能的威胁手段?"

"我们需要先判断对方的意图。"

"如果继续建造,是否意味着设施可能会受到攻击?概率有多大?"

……

青玄教授的大脑飞快地翻译着每一封邮件里的密文。

"按照现在掌握的情况看,聚能环是关键。聚能环可能带来几十倍能级的增加,而这在对方看来是一种威胁。对方似乎已经掌握了比弦理论更高级的理论,但我无法核实。不过,我电脑中运行的聚能环算法已经泄露。"

片刻的等待。

"我们组织内所有人都可信吗?聚能环只有我们内部才知道。"

"聚能环是我们唯一能取得突破的法宝,它也可能变成一种武器。我倾向于认为入侵来自地球某些极端组织,故意把自己伪装成更高级的文明。"

"我们应该相信我们组织内的人。这里的人都希望能在有生之年看到环形超撞建成。"

"说得对,万幸的是,聚能环算法里有一些常数还没有确认,我认为对方掌握的情报有限。光拿到算法也只是一个形式。"

"如果你们按照地球内极端组织的能力理解,当然没什么大惊小怪的。但是如果我们真的遭遇到地外文明的警告,我们该怎么办?"

"是否有明显的威胁迹象？能判断对方是否虚张声势吗？"

青玄教授无法回答这个问题。就目前掌握的信息，其实整个专家组都很难评估对方的真实实力，凭空猜测不是科学的方法。他们只是物理学家，并不是反恐指挥官。青玄教授更希望把大家拉到他最关心的那个话题上。

"各位，就现状而言，关于环形超撞，我们需要判断是否要停下它的进度。我必须说明，我仅仅听到声音的警告，并没有见到或者感觉到威慑。我作为小组的领导者，尊重大家的意见，毕竟大家是这个星球上最擅长物理思维的人了。我们表决吧。"

片刻的等待。

"我建议继续，但同时我认为我们应该去和政府谈一谈，但这个必须非常小心，因为我们现在还不打算披露聚能环，这会引起不必要的恐慌以及项目的延误。"

"我们没有任何理由去示弱，而且现在已经是最后的时刻了，我们不能前功尽弃。我建议继续。"

"如果出于担心恐怖袭击，我建议暂停。"

"鉴于没有任何迹象表明对方有足以威慑我们的武器，我建议继续。"

"以我的基本推断来看，可能对方会给我们警告，但我们可以通过提高现场安保措施来应对。无限期搁置方案我无法接受,所以我赞成继续。"

"我们不能抛开真的触及某种我们所不知的文明的可能性。从概率上说,这并无问题。我希望暂停,看他们是否有其他指示。"

"我感觉这个项目被人盯上了,而且我们现在没法解释那些文字或者那些声音的由来。我建议暂停。"

……

十四位成员依次发表了自己的看法,最终的票数竟然是7:7。那关键的一票,还是落在青玄教授的头上。他沉思了三分钟。

"你们都足够了解我,我毕生的精力不为掌控权力,只为追求真理。环形超撞既然是理想,我就发誓要把它完成。如果真有更高级的文明,我们的存在很可能没有意义;而如果没有这样的文明,那我们的停歇同样让我们的后半生没有意义。因此,我的意见是继续进行整个工程,并且聚能环会按原定计划安装。我并未见识过真正对超弦理论构成威慑的东西,同样也不相信有什么能威胁到环形超撞的诞生。所以,我投票支持继续。现在,鉴于继续与暂停的票数为8:7,我宣布,环形超撞工程,将按原计划进行。"

"接受。"

"接受。"

"接受。"

……

这次没人有异议。

"同时,我们必须探索聚能环公式里的常数。为提高我们的安全等级,防止关键参数泄露,我们的核心算法数据库密码已经重新设定,密码已经切割为十五段,各人持有一段,已发往大家密码保险箱。只有联合密码才能打开核心算法数据库。在这些常数确认之前,我们暂时不要再联系,应急通道会被锁死。这也是为了大家的安全。我们分头寻找二十八个核心参数,如果找到,就把它填写到数据缓冲区进行局部匹配。参数全部就绪后,应急通道才能重新恢复,那时再合成整套并行算法。在此之前,任何人如果遭遇不测,都不至于泄露整个秘密,也没有人能伪装我们中任何一个人。就这样,散会。"

青玄教授结束了连线。邮箱内一切会议邮件均被粉碎。

"概率"不知道什么时候跳上了他的躺椅,趴在上面打瞌睡。他看着它的时候,"概率"忽然睁开了眼睛,随即又闭上了。青玄教授看到猫没出现什么异常的反应,安全感油然而生。都说猫有通灵的能力,可以看见人类所不能看见的东西。此时此刻,他真希望这是真的。

七

第二天一早,青玄教授被一阵急促的闹铃吵醒了。这一晚几乎没有做梦,所以精神格外好。另一个原因是要赶去环形超撞的现场,工程监理必须带着他去验收放置环形超撞的隧道。

继续推进的心意已定,一切都不可能阻挡他和他的大机器。他的签字将直接宣告环形超撞进入轨道铺设的第二阶段。他沿着专门修筑的公路前往环形超撞的隧道口,一路上过了七八道岗。这项工程的安保工作是最高级别的。

当他到达地表的隧道入口时,其他该到现场的关键代表都已经到达。除了工程监理外,还有施工方代表、政府方代表、金融业代表、军区代表……他作为学术界代表,只是其中之一,但他的重要性不言而喻。工程监理迎上来和他握了握手,同时递给他一只手环。"请各位带好隧道定位手环。下面很大,万一大家迷路走失,我们也能知道大家的位置。"

验收工作就这样开始了。

在工程监理的带领下,他们通过地表的垂直电梯直接下降三十层,才刚好抵达环形超撞的隧道。隧道里已经严格按照超撞的要求，布设了一条轻型轨道，以便后期无人机车可以运载圆形轨道材料。清一色的工程灯光照射在轨道上，错落有致，形成明暗交替的斑驳图景。隧道不断向前延伸，看上去颇有点像地铁隧道，但直径大了很多倍。轨道周围到时候将遍布一圈圈超导线圈，直至把粒子在这个隧道里的运行速度加速到光速的99.999%。

大家乘坐一辆小型的电动轨道车前进，工程监理把每一段的施工情况以及验收报告摆放在大家面前，并且指出了需要验证的几个关键点：

"我们现在所在的01圆弧段，它的工程检测报告在这里。请注意标红的数据，这是我们特别要关注的地方，它们可能没有达到设计最高值，但在阈值范围内依然是允许的。隧道旁的各类传感器读数，可以向你们传达数据，你们由此可以估算出计划书和实际施工的偏离程度。"

各位代表点点头，没有疑问。按照工程监理的安排，他们依次查看轨道的每一部分，对其中设施的设计参数和实际施工达到的精度进行核对。当他们确认没有问题时候，就选择在验收报告相应的表格位置打一个勾，表示通过。这的确是一个精心打造的圆形隧道，但青玄教授还是有点不太放心，尽管他对每个验收点都给予了通过的结论。

"你好，我想问个问题。"

其他代表有点诧异地看着这个学术界代表，难道他发现了什么隐患吗?倒是工程监理面无表情,仿佛对这种事情司空见惯。"请说吧。"

"隧道的确非常好,但我想问它的措施是否足够抵御外来的破坏或者干扰呢?比如地震海啸什么的,或者某些宇宙射线。"

"这是毋庸置疑的。"工程监理慢条斯理但极为有把握地说,"它完全能抗九级地震,虽然这里几乎不会发生地震。而且,出于对环形超撞精度的保证,我们甚至在整个隧道外面包裹了一层金属,它可以阻隔宇宙射线,也可以在地震发生时提供减震。这是非常耗钱但足够安全的保证。坦白说,末日堡垒都不会比它更高级。"

"但你不能排除威胁会来自外部,比如……一些专门想要搞破坏的组织。"

军方代表这次接过话茬,"你指的是恐怖袭击吗?这个地区我们已经安排了足够多的特警参与重大安保,即便是各位代表,也不能轻易出入。此外,能派上用场的传感器也全都派上用场了,无论是震动传感、视觉识别,还是红外监控、热成像监控、分子扫描仪等等,真的,哪怕是一只苍蝇都能发现。呃……这隧道里,真的连一只苍蝇也没有。"

"那……我稍微放点心了。"青玄教授想,那个隐藏的对手曾经说过,他鞭长莫及,只能控制极少量的能量,这点能量也许还不足以把环形超撞怎么样。

电动轨道车缓缓前进，走完这周长一百公里的圆，差不多用了四个小时。由于大部分工人和机械都撤离了隧道，只留下一些收尾的人员和设备，所以很多地方除了他们一行人，就是空旷的寂静。如果不是工程监理的对讲机时不时有几个呼叫，青玄教授几乎要以为这世界静止了。电动轨道车在明暗交替的轨道上前进，仿佛穿越一条永无止境的时间长廊，它可是一个圆啊。后面每到一段，青玄教授都有种已经来过的错觉。如果不是有室内定位的帮助，真的非常容易把它误解为无限的死循环。

"这是整个隧道的最后一段，如果没有什么问题，请大家完成最后的验收工作，然后在验收人一栏签上自己的名字。"

几位代表脸上露出满意的神色，隧道工程的质量当然没得说，最重要的是，这趟差事总算到了终点。他们纷纷在自己的报告尾端签名，交回给工程监理。

青玄教授打完那个勾，习惯性地把自己的名字写了一遍。他的目光停留在隧道深处，那里还是有一点令他不安。

"教授，麻烦您签好字再交给我。"工程监理把报告递回给他。

"呃？"青玄教授看了一眼，署名那里居然是一片空白。他抬起签字笔，用力往下写，一气呵成。但笔尖过处，除了力道形成的印子，什么字迹都没有。

"这笔墨水用完了。你看，"青玄教授连忙向工程监理解释，他把笔在报告的其他地方用力一划，一道醒目的墨水痕迹出现在报告上。"嗯？真该死。"

工程监理也有点蒙，"青玄教授，别开玩笑，你这样会把报告废了的。"

他只好认真地回到署名处，再次用力书写自己的名字，然而写完后拿到昏暗的灯光下一看，那个地方还是空空如也。"请再给我一支笔！"青玄教授大喊。工程监理没办法，只能又掏出一支新笔递给他。"这是完全没有用过的，绝对有墨水。"

青玄教授再一次签字，还是老样子。"你看，我已经签字了。"

"在哪儿呢？"工程监理有点按捺不住了。"教授，如果您有意见，请直接提。不要开这样的玩笑。只有你们都签字，这项工程的验收才算完。"

其他几个代表都凑过来看着他，政府代表纳闷儿地说："教授，你是不是发现了什么问题，所以才不肯签？科学研究必须实事求是，有问题请务必指出来才好。"

金融代表也给出了警告："是啊，有错必纠嘛。否则第二期的款项我们无法批复！"

"不……没有问题。"青玄教授急得满头大汗，"要不，我按个手印吧。"说着，他把墨水涂在自己的大拇指上，想要往上按下去，工程监理一把抓住他。"这样不行，大家都是签字，您按个手印算什么呢？！"工程监理的话语里带着一股怒气。

"要不,您代替我签个字?"他用哀求的目光看着政府代表。

政府代表看了看其他人,面露难色:"教授,这恐怕不行,签字就代表着一份确认的责任,代表着你这边的专家结论,我可做不了主。"

青玄教授实在没办法,只能连连对其他代表道歉:"各位,今天我真的没有办法签字,我……这里有问题。"他想暗示隧道里可能存在什么,但他不知如何解释。

"您……有帕金森症?"政府方代表嘟哝了一句,虽然声音很小,但隧道里非常安静,所有人都听得清清楚楚。

青玄教授不知道说什么好,满脸通红;误会反倒帮他打了圆场,搞得几位代表面面相觑。还是政府代表给了个爽快话:"好吧,既然这样,我们先升到地面。教授,我安排车先送你回去,你好好休息,明天一早来政府办公室签字。"政府代表和工程监理交代了几句,工程监理只能点头应允。

升到地面的过程中,青玄教授有点像泄了气的皮球,他知道,这并不是意外,看上去的确像神迹。正如前些日子对方控制在他眼前出现那个单词一样,现在对方也控制着往纸张上填充的墨水。这种干涉至少让他已没有签署文件的可能。而更重要的是,没有他的签字,环形超撞的进程就停在了那里。行政手续停止运行,也意味着他们超弦派的梦想停下了脚步。

八

整个下午,青玄教授都在等。他的面前堆满了信纸,他想在上面写出自己的名字,却怎样也写不出来,似乎只要他一动签名的念头,他的笔就没有办法听话。

可想而知,他甚至有点盼望那个文明找上门来。必须有一次对话才能让事情得到解决,无论书面或者声音。可一切都很安静。

晚饭前,他有点按捺不住,开车到那个小山头,在那里发了两个小时呆,甚至还抽了两个小时的烟。他想看看,烟雾还会不会给他什么指示,然而,什么都没有发生。

直到夜幕降临,华灯初上,远方的工地仍无异样,浩大的工程矗立在那里,仿佛等待着一个新的征程。又是万家灯火,人间如此日复一日,没有人会关注在他身上发生的奇怪事情,是的,没有人。山上降温,刺骨寒风冻得人受不了,他才又慢悠悠地把车往回开,尽量保持着与之前完全相同的路线,他希望那个声音能够再度出现。但一切都落空了,那个声音似乎有意和他捉迷藏,迟迟不让他如愿。

他的心里时不时会冒出Mayday警报。当然，通道已经关闭，他无法联系任何伙伴讨论应急对策。事实上，他也不想，因为他无法判断那个文明会不会窥探到更多的东西。他甚至觉得自己都不应该去想他们，如果那个文明能探测他的思维，那他岂不是会把整个计划都暴露无遗？

晚饭的时候，他几乎一言不发。妻子和女儿都有点吃醋，奇怪他怎么总是直勾勾地盯着"概率"。晚饭后，他就把自己和概率一起锁在书房里。女儿有点失望，今天爸爸都不理她，妻子只好安慰她说："你爸肯定又在考虑什么课题，准是又和弦纠缠在一起啦，他就是个超弦狂魔。"

"爸爸，你又和哪根弦过不去了？"女儿凑上来想要和他亲热一下。

他敷衍地拍了拍她的脸蛋，让她下去。

如果是弦，那倒是省事了。他想。

那个声音曾经说过给他二十四小时，青玄教授想起来，不禁感到后背一阵发凉，他完全不知道那个声音对于物质的认知究竟能达到怎样的深度，包括对能量的运用究竟有怎样的手段。但从目前表现出来的迹象看，尽管有点鞭长莫及，他们依然能在末端传递非常小的干扰。这种干扰能搅乱一些事情，哪怕微乎其微，哪怕无法很明显地观测，哪怕世界依然可以维持着99.999%的正常运转。但这世界还存在0.001%的蝴蝶效应啊，若他们刚好改变的是那只蝴蝶呢？

喵的一声,"概率"突然从他的书桌上翻滚下去,猫的瞳孔刹那间收缩成一条缝隙,仿佛被强烈的光线刺痛了一样。它弓起背部,夹起尾巴,跳到角落里,瑟瑟发抖。

青玄教授倒感到心头一阵解脱。

"二十四小时,你晚到了。"青玄教授先发制人。每次都是那个声音找他,他这次决心主动发话。

"呃……第二场能量的传输确实需要点时间。"那个声音对他说,"难道你还么希望与我谈话?"

"这是谈判。"

"真有点出乎我的意料。那你的条件是什么?"

"直接传授你们所掌握的技术,那样我们完全可以不消耗地球能量。"

"否决,这不是你们能理解的。我们必须控制你们得到知识的进度。如果不是我,明天那个工程就会进入到第二阶段。"

"我很好奇,你为什么不直接毁掉那个工程?"

"一方面是能量问题,另一方面,这并非我们的本意。我说得非常清楚,现在这个时期不该进行这样的试验。我们并没有说永远不能。"

"那得等多久以后?"

"至少等到人类能够在临近的行星建立起前哨基地,那时候才能进入到下一阶段。在此之前,不应该消耗如此巨大的能量。"

"我无法等到那一天!"

"个体是渺小的,一切都需要节制。事物的发展有其规律,快或者慢,都会令人感到不舒服。"

"我们人类追求更快、更高、更强。这是我们生生不息、蓬勃发展的精神力。你改变不了这个与生俱来的基因。"

"换言之,是贪婪吗?慢一些会更适合这个星球的生命。听着,如果发展太快,你们将迅速逼近文明衰变的边界。那时候一点财富都可以引起种族倾轧,一点资源都可以引发世界战争。越强大的技术,会让文明衰变上演得越迅猛。甚至在科学内部,都将出现重大分化。"

"这也是我们自己的事情。和你们无关。"

"宇宙任何一个角落的进化都会和我们息息相关。"

"那我也只能说,你阻止不了。也许你们的确有强大的智慧,但还不足以把地球上最优秀的物理学家用毕生心血开启的伟大实验阻挡在门外。无论有没有我,我们都将继续这个进程。这是不可改变的事实。我明天一定会签字,就算无法写出字迹,我也有办法表达我支持这项工程!"

青玄教授捏紧拳头,他能感觉到自己的血液在全身加速运动,他押注的是对方的能量绝对不足以威胁他。在这个空间里,构成他身体、气势的那些小能量体在飞快地振动,他尽量表现出自身巨大的能量场,尽量演奏出最强音,向那个声音示威。只要意志足够坚强,他相信对方不能拿他怎样。

"你……的确是一位伟大的科学家。"那个声音也不禁有了些动容,"我们从宇宙的深处,能够捕获到你们这样的人身上所散发的能量,就像深空里的星星一样明亮。平心而论,你对于你们的星球文明而言难能可贵。但……我们忽然想到,如果你以及和你一样的优秀科学家消失了,那些昂贵的装置还有什么价值呢?"他停顿了一下,"所以,既然无法达成共识,我们决定向你展示一些东西。"

青玄教授愣住了。他看到在自己脚下出现了一个黑点,一开始非常细微,几乎注意不到,但很快从这个点,衍生出两条黑色的线,在平面上蔓延开,他脚下逐渐形成了一个正方形,与此同时,正方形的四个顶点开始渗透出"墨汁"——他并不确定那是不是真的墨汁,但是很黑很黑——沿着底边蔓延开去。他想从正方形里面移出脚步,才发现根本无法做到。仿佛有一股力量,裹挟着他的身体,他感觉自己在向那片黑色扩散进去。

他有点恐慌,"这……是什么?"

"你的认知告诉你,弦是非常小的线状的能量体,对吗?它们以各种频率振动,以各种角度扭曲,才构成了各种粒子态。可是,你有没有想过,如果这一小段能量体完全不振动了呢?"

"有能量怎么可能不振动?"

"这次,你看到的就是——能量为零的弦。弦的能量已经被我们抽去,以至于这些弦变得死一般静寂,没有振动,没有扭曲,没有任何激发。所以也不会构成任何粒子,任何光。它们构成的平面,你可以叫它静平面。绝对意义上的静止和黑暗。由于构成你本体的弦具有足够的能量,它们遵循高能量场必然向低能量场扩散以便保持能量最低的趋势。所以,你已经无法脱离静平面了。"

青玄教授惊诧不已,惊得合不拢嘴。他看着脚下的黑色一点点把自己吞没,感到身体正在陷入那片黑色之中,他仿佛被束缚在一片黑色的墨汁里,眼看着墨汁把自己溶解掉,却无力爬出来。很快,他的眼睛只能看到地板那个高度了。

"如果算上时间,你所在的仍是三维空间,只是其中的几何维只有两维,另外一维被紧化。质量大部分集中在这被紧化的维上。不用担心,构成你的能量体还在,只是扩散到了这个静平面里,而其他维度你们还无法探及。你是可贵的科学家,我们会替你的星球保存好你,在封存的这段时期,你有足够的时间去思考各种各样的问题,包括科学存在于世的意义。其实除了你们的星球,在其他地方,我们也封存了很多和你类似的人。你们都有足够的智慧,在合适的时刻,我们会把你们归还给你们的母星。"

书房角落的"概率",瞪大眼睛看着它的主人,没有什么慷慨陈词,也没留下只字片言,青玄教授就这样悄无声息地变成了地上一张黑色背景的相片。

九

探员把一摞相片抛到组长面前,"这些,就是物证科在现场搜集到的唯一证物。他们的家属或者同事都向警方声称,他们从来没有拍摄过类似的照片。"

组长俯身上前,面前的相片里,从轮廓依稀可以看出,正是那十五位科学家。但让他无法理解的是,每个人都只拍到一个后脑勺!事实上,不仅仅是青玄教授,全球的十五位失踪的物理学家都只给这个世界留下了一张相片,而姿态,无一例外都是背对镜头!

他把相片在桌子上摊开,按顺序排列好,每张相片下面放着个人的失踪卡片。他双手撑着桌面,希望从中看出什么线索。

"这个角度……"他抬起头望着探员,"你不觉得他们好像在面壁吗?"

探员张大了嘴巴,"呀,真是太贴切了!"

"我想一般人并没有能力拍摄到自己的后脑勺,不是吗？所以现场应该有其他人在，只是这个旁观者去了哪里？哎……如果照片是正面的，也许还能从眼球里读取出一些信息，但后脑勺嘛……"组长忍不住摇了摇头。

探员忙不迭地补充道："物证科也注意到了，还用显微镜分析过——没有任何反光影像或者隐藏的文字什么的。现场用嗅探仪也没捕捉到任何异样，连每个分子都显得无比正常。"

"不管怎么说，这些人消失了，只留给世界一个背影，我们面对的现实就是这样。不过，既然是失踪，我们不能先假设这些人已经死亡，除非我们真的看到他们的尸体。我发现，大部分教授都是在自己的住所或者附近失踪的，只有威尔逊教授在图书馆，吉尔伯特教授在实验室。"

组长伸出一根手指在探员面前晃了晃，探员有点摸不着头脑。

"我们必须行动了，假设这些物理学家还活着，他们此刻在哪里，又在思考什么呢？"

探员完全答不上来，他只能傻傻地看着组长拉开抽屉，从里面掏出一个小盒子。组长打开了那个盒子，里面塞满了他自己的名片，上面用中文和英文印刷着一个名字：李默。

原创小说征稿启事

长期有效

《银河边缘》编辑部

《银河边缘》系列丛书是由东西方科幻人联手打造的科幻文库，致力于展示国内外优秀的科幻小说。与此同时，我们每年将推选六部中文原创作品，翻译并发表在美国版《银河边缘》（GALAXY'S EDGE）杂志上。

在此，我们向国内广大原创科幻作者约稿。

我们以"惊奇、畅快"为原则，着力呈现中外科幻名家及新人作者的短篇、中篇佳作，展示更具野心的科幻作品，呼唤长篇时代的到来。

欢迎加入《银河边缘》QQ写作群 → 854881027

|投稿邮箱| - tougao@8light-minutes.com
　　　　　- sf-tougao@newstarpress.com
|邮件格式| - 作品名称+作者名
|字　　数| - 不限【1.2万字以内的短篇佳作将有优先翻译发表的机会】
|稿　　费| - 150～200元/千字，优稿优酬
|审稿周期| - 初审15个工作日回复（长篇除外）

|审稿标准|
- 想象力：这是科幻小说的核心与灵魂，也是审稿的首要标准。
- 代入感：作者通过剧情、人物等元素，使小说易读，令读者沉浸其中。
- 剧情逻辑：在人物动机、事件逻辑上没有明显漏洞，不会让读者"跳戏"。
- 技术细节：非常欢迎，但不强求。
- 辨识度：作品带有独特的气质，能在诸多稿件里脱颖而出。

|注意事项|
- 务必保证投稿作品为本人原创，从未发表于任何平台。
- 切忌一稿多投。
- 小说请以附件的形式发送邮箱，注意排版，合理分段。
- 请在邮件末尾提供个人联系方式，如真名、QQ、手机等。

图书在版编目（CIP）数据

飞裂苍穹 / 杨枫主编．－－北京：新星出版社，2021.12（2023.10重印）
（银河边缘）
ISBN 978－7－5133－4716－7
Ⅰ．①飞… Ⅱ．①杨… Ⅲ．①幻想小说-小说集-世界-现代 Ⅳ．① I14
中国版本图书馆 CIP 数据核字（2021）第 254890 号

银河边缘
飞裂苍穹

杨　枫　主编

责任编辑：施　然
监　　制：黄　艳
责任印制：李珊珊
装帧设计：冷暖儿　付　莉

出版发行：	新星出版社
出 版 人：	马汝军
社　　址：	北京市西城区车公庄大街丙 3 号楼　100044
网　　址：	www.newstarpress.com
电　　话：	010-88310888
传　　真：	010-65270449
法律顾问：	北京市岳成律师事务所

读者服务：010-88310811　service@newstarpress.com
邮购地址：北京市西城区车公庄大街丙 3 号楼　100044

印　　刷：	北京美图印务有限公司
开　　本：	787mm×1092mm　　1/32
印　　张：	8.25
字　　数：	158千字
版　　次：	2021年12月第一版　　　2023年10月第二次印刷
书　　号：	ISBN 978-7-5133-4716-7
定　　价：	48.00元

版权专有，侵权必究；如有质量问题，请与印刷厂联系更换。